TOSHI UTADA

歌田年

拓繪鑑定士の事件ファイル 模型の家の殺人

# 模型之家
# 追凶谜案

［日］歌田年——著 金哲——译

CTS 湖南文艺出版社
HUNAN LITERATURE AND ART PUBLISHING HOUSE

博集天卷
CS-BOOKY

# 奇怪的委托

对经常外出做着小本生意的我来说，没有比夏日里狂躁的骄阳更让人怨恨的东西了。特别是梅雨期刚刚过去的七月半，它就像是刚刚度过了驾驶磨合期的新引擎一样干劲十足，可算逮着机会一展拳脚了。

在神保町附近忙碌了一上午的推销员，一如往常地一无所获。一如往常心灰意冷的我从水道桥站坐上车，搭乘总武线回到了新宿站这边。在弥漫着下水道浓浓恶臭味的地下商店街，一家一如往常的荞麦面馆，我一如往常地点了碗荞麦面，就着风狼吞虎咽地吃完，之后又一如往常地徒步走向西新宿一带。

要说两年前，我还曾辗转于散落在新宿副都心一带的住友不动产大楼附近，乘坐公交车，到处向客户筹措资金。可如今已经到了不得不归还欠款的时候，无奈囊中羞涩，只好从交通费中节省。不坐公交车，那就只能靠自己的双腿了。

我把夏天穿的那种夹克搭在肩上，把撑得鼓鼓囊囊的手提包从右手换到了左手。为了躲避毒烈的阳光，我三步并作两步，转眼间从西口钻进了中央地下道。这中央地下道虽说是有自动步道可以尽情使用，可一走到都厅旁边，就又得被残忍地逼回到地面上。穿过蝉鸣如阵雨般聒噪的中央公园时，汗水已经浸透衣背。但想想这样一来又省了一笔公交开支，心里也就能平衡一些。

再穿过传说曾有过温泉的十二社地区，就到了甲州街一带。然后从这里要通过一处设有消防点的交叉路口，转身就能进入一条胡同。胡同里能看到一座清水混凝土建筑。这座雅致的建筑的第二层西侧，就是我开的事务所。面积不大，租金却相当昂贵。租下它以后的每一天，我都在后悔和煎熬中度过。

我的事务所，一开门就能看到下个月必须还给租赁公司的观赏植物。拨开叶子，我摸索着墙上的电灯开关。打开灯，再运转起走的时候特意关掉的空调。虽然常有人说电源一直开着能更省电一些，但对我这种被贫困逼入绝境的人来说，打心里是强烈抗拒的。我把夹克和包直接丢到待客沙发上，然后绕着紧贴窗边的办公桌走上一圈，一屁股坐在了咬咬牙才下决心买下来的 Aeron（艾龙）办公椅上，深深地叹了口气。

从来不抽烟的我，不自觉地拿起了桌上的高级香烟盒，盒子上印刷着金光闪闪的"Kirifuda"字样。不过，里面装的是再普通不过的扑克牌。我打开盒子，取出扑克牌，两只手稍稍用力，把扑克牌压弯，然后哗啦哗啦地交叉着洗牌，或是像杂耍那样，从上到下让纸牌迅速落下，再由下向上迅速接住，使其如长龙一般。这两种洗牌的方法，一种叫"Riffle Shuffle"，一种叫"Cascade"。闲着没事的时候，我总是像这样做一些无关紧要的事情。

空调似乎终于起作用了，趴在脑门和后背上的汗慢慢地退去了。我想要用勺子取一些咖啡冲来喝，可正当我站起身时，门口传来了沉重的咚咚咚的敲门声。

我感到诧异，今天下午并没有约谁啊！不对，来人这是想进来又没好意思进来吧。尽管并没有和别人约在这个时间见面，我还是对门口说了声："请进！"

这时我发现，出现在我眼前的是一个可爱的女子，她从门缝里探出了半个身子，声音很小。她看起来至少比我小十岁，二十五六岁的样子。复古装扮，有种二十世纪五十年代的感觉。头发染着鲜亮的颜色，梳着马尾辫。脸蛋和 Peko 酱[1]一样粉嘟嘟的，嘴唇是大红色的。她穿着白底红色圆点图案的女式宽松衬衫，下身是红彤彤的复古长裙，腰间斜挎着一个粉色的小包。

这人怎么看也不像是我的客人，但人不可貌相。

我把脸调整到最帅气的角度，挤出营业员式的职业微笑说："您好，欢迎光临！"

女子惴惴不安，话都说不流利，用鼻音嗫嚅道："啊……您好。"

"快请进来吧，不然冷气都跑出去了。"

女子慌忙进来关上了门。

我绕过桌子朝她走去。

"请问您今天来找我是有什么事呢？"

"那个，我想请您帮我调查一件事……"

---

1. 不二家的小姑娘形象。——编者注（除特别说明外，本书脚注均为编者注）

"好啊！一定竭尽所能。"我搓着手说。

"其实，是关于我男朋友的事。"

"好的。"我迅速地做出回应，"您是说什么纸[1]？"

"我男朋友……说不清是出轨了还是怎么了。"

"男朋友？您是说男朋友……您的恋人吗？"

"啊，是的。"

"啊哈哈！"我懂了，"我想您是不是误会了些什么？"

女子的表情有点僵硬："啊，误会是指……"

"这位客人，您该不会是搞错了地址误打误撞才来了这里的吧？"

"哎，您这里不是渡边侦探事务所吗？我听说这家事务所里有一位什么都能完美解决的神探先生。"

"不是的哦，"我说，"我这里是做纸张鉴定的。"

"纸？鉴定？"

"没错，纸，而且是洋纸的鉴定。"

"洋纸？"

"就是与和纸相对的，采用西洋造纸技术制作出来的纸。当然了，我也可以鉴定纸板和特种纸。除此之外，我还是一名纸商，代理纸张销售的业务。"

"您说的是怎样一种……"

---

1. 日文中"纸"的发音，最后一个音节和"男朋友"相同，文中的"我"误以为女子说的是某一种纸。

女子表现出一副很感兴趣的样子。

我赶紧伸手打算递给她一张名片，可我忘了自己手中还拿着扑克牌，一不留神把一张红桃 A 递了出去。我慌忙缩回手来，从夹克内兜里掏出名片夹，从里面抽出一张间伐材制造的环保名片再次递到她手上。

"渡部纸张鉴定事务所……纸张鉴定师……纸张销售业务员……渡部圭。"她难以掩饰惊讶，睁大双眼，一字一句地读出了我名片上的内容。

"是的，比如说我可以帮您调查，您带过来的纸张样本的所有信息，我可以帮您推断出它是哪个品牌，密度有多少米坪[1]，纸的厚度是多少……"我开始了平时开展业务时的一套固定说辞，"大抵上客人们带来的都是书或者纸制品本身。我最得意的其实还是书。比如书的护封、腰封、内封、环衬、卷首画、内文，精装书的话会有书芯，它们每个部分用了什么品牌的纸我都能搞得一清二楚。甚至还可以根据您的预算情况，提出各种各样符合您标准的纸张品牌和材质。"

我指了指左手边占据了一整面墙的大书架，那里摆放着王子制纸、日本制纸、大王制纸、三菱制纸、北越公司、中越纸浆工业、丸住制纸、五条制纸等，还有所谓的长条纸样品，都按照种类、品级、质量等标准整整齐齐排列在那里。我还准备了一个角落专门摆放拥有着竹尾设计的精巧纸张。此外，还有些实际印刷出来的书籍、

---

1. 纸张厚度单位，指每平米的纸张重量。米坪越大纸张越厚。——译者注

杂志样本，简直可以和空调大卖场的齐全程度相比拟了。

女子惊讶得张着嘴巴，不时发出"啊……哇……"的惊叹声。

"因为我和各大信纸代理商、造纸公司关系特别好，您要是想知道哪家出版社的书或是杂志使用了哪种纸，我都能帮您打探出消息来。当然了，印刷册数我也可以告诉您哦！知道了版型和册数，从交货数量就能推算出其实际印刷数量。您知道出版社总是对外宣称他们的书比实际印量高出好几倍的阅读量，可以说毫无信用可言。"

说到这里我突然想起来，这位客人是弄错了才进来的。我的冒失是到死也治不好的。由于这种鲁莽轻率的性格，迄今为止创业失败过好几次。在西新宿独自创立的事务所是其中最重要的一次。

"不好意思，我说得太多了。"

"虽然我听得不是很明白……但是感觉好厉害的样子。"女人很佩服地说道。

"姑且，算是个鉴定师吧……对了，您在找什么别的地方吗？"

"是的，但是太热了，真的感觉要中暑了。而且脚疼得走不动路了。"她看了看自己的脚后跟，弯下腰来揉了揉，"都怪走了一上午路。"

"那和我是一样的。"我把刚才扔的东西从接待专用沙发上挪开，让她坐过去，自己也坐到她的对面，"您先请坐。"

"谢谢。我对新宿不是很了解，我也给您一张我的名片吧。"

说着，女人从透明的盒子里抽出了一张名片递给我："我是做美容师的。"

"请收下。"我接了过来。

上面写着"美发沙龙米奇造型师米良杏璃"，还印有一幅剪刀的图案。地址是埼玉县所泽市[1]。

"您说您是鉴定师，那您应该也能鉴定一些其他的东西吧？"

"不，我只是个专门鉴定纸的，其他的事情就有点……"

"那要是这样的东西您了解吗？"米良杏璃避开我的话，掏出表面有裂缝的手机敏捷地操作，不容分说递给了我。

反正闲着也是闲着，我接过来低头看她的手机画面。

"噢，这个是手办照片。"

"果然男人能秒懂。"

可能是急急忙忙拍下来的，有点手抖。我再仔细看了看图像，准确地说，那是立体模型，四方形的台子上像一片淡褐的沙漠，上面放置着两辆战车。一辆是棕绿迷彩的，另一辆是灰色的。前面有两具士兵人偶挨站着，仿佛在前拍照留念，还涂上了细微的颜色。

"战车手办。"我不禁回答。

"这是我男朋友做的。"

"原来如此，男朋友啊。"

"您觉得这个怎么样？"

看来杏璃似乎从平平无奇的手办中感受到了"什么"。是女人的直觉吗？我倒是能从平平无奇的洋纸之中感知到很多东西，但这个是真的搞不懂。

"……这确实不好办。"

---

1. 日本关东地区中部城市，现为以电机、食品和金属加工业为主的中小企业聚集地。

"可以请您鉴定下吗？钱的话我会付的。"

一听到钱，我感觉我的鼻翼颤动了一下。总之说中这个杏璃想知道的事情就可以了。

杏璃从小挎包里拿出了香烟和打火机。

我赶紧说："抱歉，这里是禁烟的。"

"噢，不好意思。"

我站起来，用租赁来的咖啡机倒了两杯咖啡。每次看到它都觉得差不多也该去解除协约了。我把牛奶和糖块一起递给了杏璃。

"不凑巧是热的。"

"谢谢。"

"嗯……"喝了一口咖啡后我开始仔细看画面。

但是，除了知道那是战车的立体模型以外，其他什么也看不出来。这是哪个国家的战车，叫什么呢？型号是……？本来我就没有半点军事知识储备。

"怎么样？"

"……是塑料模型呢！"

"这我也知道啊，别的呢？"

"做得不错啊，不是吗？"

"是的没错，那其他的呢？"

我一筹莫展。不知从何时起我手中开始摆弄起了扑克牌。

我决定用提问的方式作答："说起来你知道了这画面的内容又打算要做什么呢？"

"就是那个吧……"杏璃露出被讯问的表情说，"我男朋友，原本对手办什么的并不感兴趣，上个月却突然买来材料开始做手办。真是的，一会儿这个零件不见了，一会儿那个零件找不到了，总是大声埋怨，连我看在眼里都觉得烦。好不容易让他做完了两个，这回又吵着说要涂色，搞得屋子里都是涂料的臭味。他用的是那种在厨房的换气扇下使用的喷雾器。接下来他又说要做立体模型，撒满了黄色的粉末。打扫房间的可是我呀！"

"您先冷静点……您是和男朋友住在一起吗？"

"嗯，三年前开始的。"

"为什么突然开始着急做手办呢？"

"就是说啊！我想知道的就是这个！为什么呢？总之就是很忘我，感觉眼里已经完全没有我了。"杏璃噘起鲜红色的嘴唇。

"要说为什么的话……"我的思路飞快想到了和钱有关的，"好比说网上拍卖，或者是参加什么有赏金的竞赛？"

"我男朋友……虽说是弘，感觉不是那种会为钱困扰的人吧，也没有参与赌博。"

"顺便问一下，那位弘先生从事的是什么工作？"

"涂装工。"

我重重点了点头："那就是说给手办做涂装算专长了。"

"弘成为涂装工的时候我们才开始同居。一开始他是无业游民，是我在养活他。但如今他也赚了不少钱。"

"这样啊，那确实没有为钱所困的事……但是塑料模型在涂装工之间很流行吗？或者这是诸如文化中心举办的兴趣活动？"

"果然您还是这么想啊。"

"您有什么线索吗？"

"或者说……总觉得弘最近和我疏远了些。休息日也不和我在一起了，连约会都没有。这些都是他开始做上涂装工之后的事。"

还未了解这是什么情况，我先打断了她的话："所以呢？"

"涂装工啊，当然还是只有男人吧！所以呢……嗯……他是不是 Gay 的属性觉醒了呀？"

这太出人意料了。"您是担心这个吗？"

"嗯！要是这样的话，我就没有存在的必要了吧……"

"嗯……"我歪着头说，"有点想多了吧。"

"那么，您看看这个吧。"杏璃把手伸进口袋，拿出一个男士长款钱包递给了我。钱包上有条长长的链子，发出嗞啦嗞啦的声音。

我接过来问："这是……？"

"这是弘的钱包，去年他过生日的时候我花了很多钱送给他的礼物。但最近被他淘汰掉了，自己又买了新的。我虽然觉得很伤心，但也没什么办法。可今早我出门扔垃圾的时候，在垃圾袋的最底层发现了这个。我想他是打算偷偷扔掉，可明明链子就会发出声音的嘛！"

"好了好了，您先冷静点。"

"也不是不可能，对吧？"

"您找到了之前的钱包，却还是觉得心里不舒服？"

"本来就没有过时。这种带链子的会过时吗？算了。我一开始也没把这个当回事。"

"您的意思是……？"

"肯定是谁送了他新的生日礼物。他还说下个月开始就要经常出差了，我很怀疑是不是他和男性的关系越发深入了。"

"你有试着问过他关于男性关系的问题吗？"

"没有。"

"那其他的确认方式呢……"

"我白天也有工作要做，根本没办法行动。……弘现在待的地方是特大工业区，就算我跑去看他也会因为地广人多，什么也发现不了。要是万一被他发现了，还会暴露出我在监视他，那就麻烦了……渡部先生，你能代替我跟踪他吗？"

"这可不行，我毕竟不是侦探啊！"我当即回答道，而且我也有工作，虽说很少，但要去很多次所泽也并不容易。

"这样啊……"杏璃低下了头。

我的回应没能令她满意。我把弘的钱包放回到桌上，一边拿起扑克开始洗牌，一边又专注地凝视起手机里的照片。由于被问到他会不会是 Gay，两辆战车、两门大炮、两名士兵、In the Navy……我不禁体会到了更深层的意味。

"您的扑克很厉害啊！"杏璃啜了一口咖啡说。

"雕虫小技。这也是商品小样。"

话虽如此，仅凭塑料模型的图像就可以知道更多的东西。特定的模型或特定的购买店铺。调查拍卖会的展出作品好像不难，但与这件事毫无关系的可能性很高。

"也许看看实物会知道更多。"

杏璃摇了摇头："我最近看到了弘打包放进箱子里了，然后今天早上这个模型就不在家了。我觉得是交给谁了，或者送去了什么地方。"

"原来如此，而且不知道目的地吗？"

有效的线索只剩这张模糊的图像了，对于训练有素的人也许会从中知道些什么。我一直在脑海中找寻线索，但并不认识对塑料模型有兴趣的熟人或专家。

在反复洗牌的过程中，我突然想起了一件事。在以前客户公司出品的刊物上，有模型专业的月刊杂志。该杂志社所拥有的纸张供应商在其他公司已经被公开了，但有一个月只接受了一本手册附录的印刷用纸。这家叫作 Mediatheque 的杂志社在西新宿有一家公司。通过该公司资材科的负责人，也许能联系到编辑部。

说起来，我在这里设立事务所的一般理由是因为"Mediatheque"，是预料到与该公司及其关联公司的交易而创立的。因为作为个人事务所在附近，所以步行工作这一点可谓是出类拔萃。如果被叫到的话，十分钟内就可以准备好样品赶到二楼的会议室。

然而，Mediatheque 很快就搬走了。两年前，因为和其他公司合并，公司办公楼变小了。关联公司也紧随其后，只有我一个人蒙受不利。在出版界不景气的呼声中，只身做这个生意本身就有点勉强。都是思虑不周的性格惹的祸。

"到底怎么办才好呢？"杏璃打断了我的回忆再次问。

"也许可以问专家，会稍微有点线索。"

工作性质原本就如同中间人。调查对象多少有些不同，但还是可以做的。何况这也是帮别人的忙。这不也是为了钱吗？

"真的吗？不愧是鉴定师啊！"

"那么，能把那张照片发到我手机上吗？还有弘先生的照片。我们交换下 LINE（社交软件）吧。"

"好的。"

我们操作着手机加上了彼此。经过简单的寒暄确认后，马上就有两张图片被发送到了聊天界面。

男朋友弘是个有点帅的帅哥，长长的棕发，留着络腮胡。我把照片下载下来保存在手机里。

"那今天就到这里吧，如果我有了什么消息，就立刻联系您。"

"要付钱给您吗？"杏璃拿出粉色的钱包问。

我想了一下，趁着对方没改变主意，可能还是先收下定金之类的东西比较好。"那么，今天收您一万日元。"

"好的，明白。结果出来的话，最多付您十万日元。"

十万日元啊。怎么看都是门好生意。

我收下了一万日元的纸币，把弘的钱包交还给了她。

"请帮我保管它吧。我已经不想看到它了，也许会成为什么线索呢。"

"……好吧，既然您这么说的话。"我放下了钱包。

把手臂借给了脚依然疼着的杏璃，扶她走出了事务所。就这样一直送到十二社大街的公交车站。

## 寻找助手

回到事务所后，看到桌上剩下孤零零的钱包。东西似乎很好，并没有坏掉。打开里面，当然什么也没有，积分卡和收据之类的东西一概没有。

但是，我看到了卡片匣里面有一个小小的亮色的东西。从桌子的抽屉里取了揭邮票用的镊子，在卡片匣里翻找了一下，夹出一小片纸，是一个边长两厘米左右的三角形。

淡粉色的特种纸碎片。纸的表面是毛毡风格，呈现整齐的波浪纹理。这样看来，它的品牌应该是"人鱼"。这种纸一般用于画材和书籍的装帧，也多用于印刷名片。

它并不是白纸，上面留着圆珠笔的笔迹，写着"R"。我琢磨了很久也不知道它代表什么意思，但想到总有一天它会成为线索，就放在了笔记本的塑料夹里。

接下来，我给 Mediatheque 公司的生产管理部打了电话。那是负责该公司出版物印刷制作，以及印刷用纸的安排等工作的部门。

和往常一样，接电话的是一位年轻女性，我让她转接同部门资材科的木村。在出版界资材指的就是印刷装订用的纸张，也就是说，资材部间接负责采办纸张，而最近才刚刚当上科长的木村，掌握着财政大权。

"打电话想约面谈吗？"一接到电话，木村就像往常一样，随口问了一句。

"不，是有点别的事。木村先生，您还负责模型杂志吗？"

"啊，是 Hobby 啊。还在做哦。"

"Hobby"在玩具业界是指模型。模型杂志的杂志名上还附带着 Hobby 一词。该公司的杂志也叫 Hobby Graph，简称为"Hobby"。

"能介绍一位 Hobby 编辑部的老师给我吗？"

"你想直接推销吗？"

"不不不不不，没有那种事！不会跳过木村先生您做那种事的。完全是另一件事。我想咨询一下关于模型的事情。"

"哦，我说什么嘛。你感兴趣？"

"怎么说呢……"我本想解释一下，但还是放弃了，"是这样的，我想让他们帮忙看个立体模型的照片，听听他们的想法。"

"那不难办。我去问一下。然后我再回电话给你可以吗？"

"拜托了。"

"话说最近没有看到那位自然堂的女孩子呢。以前不是经常和你一起来的嘛。那个身材出众的可爱女孩。"

听他这么说，胸口立刻隐隐作痛。所谓自然堂，准确地说叫作"自然堂纸浆商会"，是我以前工作过的公司名字。而那个女孩指的是和我同期负责营销的女同事，名叫真理子，是公司创始人的独生女。

"好像有传闻说她工作调动了。"我故作轻松地回复道。

"太遗憾了。那稍后联系！"说完，木村挂断了电话。

仅仅五分钟后，木村就打来了电话。不愧是年轻有为，虽说是公司内部的事情，但工作效率是真的高。对方说随时可以电话联系。我把木村口头上嘱咐我的负责人的名字——铃木，和编辑部的电话号码记了下来。

马上就拨了过去。果然还是位年轻女性接的电话，我请她叫铃木接听电话。

"电话转过来了，我是铃木。"来自年轻男子的声音。

"我叫渡部，由生产管理部的木村先生介绍后给您打来的电话。其实我想请您看看某个立体模型……"

"是的，我听说了。那您把它拿给我看可以吗？"

"我这个不是实物，而是图像。"

"是图片吗……那么用邮件发到读者角就可以了。不过无法保证一定会被采用。"

"不，不是要刊登在读者角上。我是想请您看看，再问问您对这个模型的想法。"

"但这是个图片啊……"铃木发出了嫌麻烦的声音。

"对不起。您能不能帮忙想想办法？"

"这样啊……我也抽不出什么时间，如果您不介意的话，我们定什么时间呢？"

"谢谢！"我赶紧道谢，"事不宜迟，您看今天可以吗？"

"啊……是今天吗？这么急的吗？"铃木发出抱怨的声音。

我在电话这头朝着空气鞠躬："真的很抱歉。"

"我看看啊……六点怎么样？"

我看了一眼桌上的表，还有四个小时。正好是普通工作人员的下班时间，我无可奈何地答道："好的，可以的。"

"那我等你。"

没有客人来，只顾着玩扑克牌，无所事事地打发这段时间，最后甚至开始玩起了扑克占卜。简单的"蒙特卡罗"，以及流行的"金字塔"，重复玩了很多次。所谓扑克牌占卜，其实都是将摆放好的卡片和手里的卡片有效地整理好而已。

虽然占卜的内容有很多，但人部分是关于工作的。令人意想不到的是，占卜结果显示大概率会有宏大的事业降临在我身上，这种话能信吗？这次的临时工作，好像有点麻烦啊。

总算是消磨了时间，在下班时间的下午五点又过了五分钟后关上门，离开了事务所。走着去新宿站，再坐总武线去饭田桥。我每周末都会来这条街咨询。从靠近新宿的出口往北走，登上神乐坂后，买了一份一千日元的不二家人形烧，我收好了票据。

再次穿过车站，沿着餐厅林立的早稻田大道向九段方向走了十分钟左右，夕阳西下，我的右半边脸是热的，终于在十字路口的拐角处出现了一座高高的玻璃大楼。八层以上就是 Mediatheque 公司的办公楼层。进入玄关后，向大厅中央的三位接待小姐点头致意，然后将借来的入馆证从脖子上提起来，向电梯大厅里伫立的警卫员出示，并像往常一样礼貌地鞠躬。

坐电梯去顶层的一般接待区。等到六点左右，用无人接待处的电话给 Hobby Graph 第四编辑部拨了内线号码，还是白天电话里听到的那位年轻女性的声音，我告知了来意。

坐在五颜六色的长凳上，望着摆放了大量样刊的封面。其实每本书用的是哪里的纸商提供的纸，我脑子里都非常清楚，不过看到的时候总还是会有羡慕的心情。我也希望有一天能从事大宗杂志的工作。

过了一会儿从电梯里出来了一位衣着随便的男人，上身穿着一件黑色 T 恤，上面印着我不认识的角色形象，下身穿着一条七分长的纯棉裤，是一个近三十岁戴着甲壳镜框眼镜的微胖男子，腋下夹着平板电脑。

年轻男子注意到我说："我是 Hobby 的铃木。"

"我是给您打电话的渡部。"我们交换了名片。

"您是纸张鉴定师吗？"

"是的，是的。纸店是我的本职工作。以前，我曾为 Hobby 的老师提供过用于制作附录小册子的包装纸。"

"啊，是吗？"铃木似乎对纸品没有兴趣，反应很冷淡。

"这是一点小意思。"我把装有不二家人形烧的纸袋子递给了他，说，"请大家尝尝吧。"

"您太客气了！"铃木突然露出满意的表情，催促我说，"这边请。"

穿过几个排列着白色方桌的开放空间，我们朝着楼层深处走去。

跟在手提不二家人形烧纸袋的铃木后面，我看到一排小房间。这个区域我很少来，因为我之前和木村总是在开放空间见面。铃木打开了第四扇门。进去一看，房间近乎是四个半榻榻米那么大。中间也放着两张白色的会议桌，四把椅子。墙壁上有白板，小小的台子上有内线电话。

我被礼让到了上座，随后坐了下来。从包里拿出笔和纸屋手账，放在桌子上。纸屋手账是"日本洋纸板纸批发商业组"每年发行的手账的俗称，刊登了纸业所需的所有数据，业界相关人士包括出版社的资材负责人在内，全员都带在身边。

"我就直奔主题了，这张照片是这样的，"我打开手机调出图像，"其实不是我，而是我一位朋友的作品……我想听听您对此有什么看法。"

铃木把脸凑近："哇，没想到画质这么糊啊。"

"是的，不好意思。"

"是战车的迪奥拉玛[1]吗？"铃木将立体模型称为"迪奥拉玛"。

"是 TAMIYA（田宫）的三五系列吧？"

"'三五'是指……"

"啊，是指比例是三十五分之一的意思。"

"原来如此。"我在纸屋手账上做了笔记后继续写着，"那么，做得怎么样？"

"……也就普普通通吧。涂装是喷漆吗？"

"好像是喷雾器。"

"地面使用的是风景粉（scenery powder）吗？"

"……大概是吧。"我不知道用语，只能随便回答，只管记笔记。

---

1. 迪奥拉玛，法语为 diorama，日本人的发音常将它读成"吉奥拉玛"，文中人物铃木将其读为"迪奥拉玛"。——译者注

"手办也是 TAMIYA 吧？"

"请问，那两辆坦克叫什么名字？"我问。

"名字？嗯，我不是负责 AFV（装甲战车）的，所以……"

"爱爱芙布衣[1]？"

"字母是 AFV。'Armored Fighting Vehicle'的略称。总之，这是坦克和装甲车的总称。"铃木一边说，一边露出"这家伙什么都不知道啊"的表情。

"原来如此。"我又做了笔记。好像模型的种类不同，负责人也不一样。但我又继续问道："这个立体模型是什么样的场面呢？"

"那个我不太清楚呢，因为不是负责人。"

"是吗……"我开始对这个夜晚的到访感到徒劳，"今天负责 AFV 的那位……"

"哦，他刚才已经走了，回家了。而且，到下周二为止都是假期。"

果然应该在预约时就说明这是战车模型吧？那样的话，就知道负责人的行程了。不管怎么说，今天似乎是不行了。

虽然也考虑过用邮件发送图像来咨询，但还是没能厚脸皮到那种地步。

换个话题看看："话说回来，模型比赛应该挺多的吧？"

"是啊。我们杂志也有这样的活动，但是像塑料模型制造厂、兴趣商店、社团等等，各个单位都在举办一些比赛。"

---

1. AFV 的日式读音。

"模型社团也有很多吗？"

"这个嘛，无法计数吧。也有在学校社团活动的地方，就算是社会人，参加社团活动的人也很多。"

"难以统计吗？"我继续记笔记。

"这么说来……"铃木下意识地把手伸进不二家的袋子里，很快又缩回去了，"渡部先生是鉴定师吧。难道这也是鉴定的对象吗？"

"实际上是顺其自然的结果……但是因为不是专业的，所以有点为难。因此，如果您对这张照片上的作品有什么了解的话，愿闻其详……"

"那么，给您介绍一下其他有可能知道的人就可以了吧？"

当然。我马上答道："如果可以的话！"

"有谢礼吗？"

"啊？"

"不，如果是我们家就好说，但是如果介绍自由 Modeler 的话，多少会有点……"

"Modeler……"

"制作模型的人叫作'Modeler'。因为是专业的模型塑造师，所以叫作'专业模型塑造师'。我的工作就是给新产品做案例和报告。"

我做了笔记。那谢礼多少合适呢？我已经财政赤字到惨不忍睹了。可在走投无路时，只能拜托对方了。

"那么，我想办法解决。"

"太好了。"

"我认识一个新人，他在家没什么工作可做，很可怜，你何不试着拜托他一下呢？"铃木操作了平板电脑，把住址簿调出来，递给了我，"在这里。"

"谢谢。"我看着屏幕，把名叫野上的人的联系方式记了下来。

"那么，今天晚上我会给对方发介绍邮件，所以请明天试着联系下他。他这个人不喜欢打电话，所以请一定要发邮件。"我心想希望不是个怕麻烦的对象。

我们走出屋子，和珍惜地抱着不二家袋子的铃木一起乘坐电梯，我和他在八楼分开，独自一人去了一楼。

Hobby 的铃木遵守了约定。不二家人形烧好像起了很大作用。那天晚上一过十二点，我就给野上发了一封委托邮件，尽管是深夜，他还是马上回信来了。


渡部圭先生：

晚上好。我拜读了您委托的事情。您能直接点名找我，我感到非常荣幸并致以谢意。但是，有比我更合适的人。那位先生叫土生井升，曾经在专业的模型杂志等领域非常活跃，是一位超级 Valtern Modeler。他研发了高难度的制作技术，有着丰富的专业知识，也是我心目中的老师。尽管乍看之下，由于各种情况，土生井先生从模型杂志社被炒鱿鱼，现在已经完全退出了舞台，但他确实是一位"传说中的 Modeler"。大体上，他在做没有名分的工作，在收入方面和我同等，失礼的推测是可能还不如我，状况堪忧。所以，作为他的一名弟子（虽然是一方自报姓名），我实在是太不谦逊了，能请土生井先生帮我这个忙吗？如果您能告诉他，您是经他的不肖弟子野上的介绍找到他的，依我拙见，您的事情会比较容易处理。联系方式我只知道他家的电话号码，请联系下对方吧。号码是 ×××-×××-×××。

请多多关照。

野上 拜阅


虽然被铃木称为新人，但却发了一封汉字既多又很生硬的邮件。难道喜欢战车的人都是这样的吗？不会说帮我联系，而是要我亲自找上门，我尽可能礼貌地向野上回复了表示感谢的邮件。

再在网上搜索"土生井升"，果然是"传说中的 Modeler"，几乎没找到什么相关的信息，搜索结果多是亚马逊的网站，土生井作为执笔者之一而出名的塑料模型的热门书——《初学者专业模型塑造师工作指南》的一卷到三卷都大受欢迎。

还有一条，就是在推特上有以土生井的名字发表的东西，和野上完全是两个人。附上了两张杂志封面的照片，像路边摊的塑料模型一样，评论中是这样写的：

"Habu 先生和土生井升的旧河合商会[1]风物诗系列二十五分之一超绝路边摊。引用的范例很前卫啊。最近迷你小饰品、食品、非军事立体模型的流行已经开始了。"

仅这一件事就足以证明他是传说中的人物。他会接受我的委托吗？我有点紧张了。

---

1. 日本塑料模型制造商。

## 传说中的模型师

　　星期六，因为休息，我从位于三鹰的家中拨了土生井的电话号码。等了一会儿，对方才接电话。

　　"喂……"听到了低沉且毫无干劲的声音。

　　"是土生井先生家吗？"

　　"嗯……"同样的声音。

　　"您是土生井先生，是吧？"

　　"是我……"

　　"初次联络。我叫渡部。我是经专业模型师野上先生的介绍给您打电话的。您现在说话方便吗？"我一口气说下来。

　　"野上……啊，是他呀。"终于有了一句像样的话。

　　"我听说土生井先生是'传说中的模型师'。"

　　"唉，我这种人……是已经'结束了的人'！"

　　土生井好像哪里不舒服，尽管如此，我还是和他进行了交谈。我和他约定好了今天下午立刻就去他家拜访。住址在高尾，就是那个"有座高尾山"的高尾。

早早吃完午饭的我，穿了件黑色的 Polo 衫，披上宽松的皱麻夹克走出了家门。因为不用背着沉重的通勤包，所以脚步很轻快。我家离三鹰站很近，坐 JR[1] 过去的话很快，但是要一直走到离家很远的杜鹃丘站乘坐京王线。当然这也是为了节约路费。

中途换乘特快列车的时候，已经过了正午，可车内仍是挤满了去观光的男女老少，背着五颜六色的户外背包很是引人注目。好不容易到了高尾站，下车的乘客却很少，大概大家都是要去终点的高尾山口站。

我在车站一楼的日式点心店买了份上千日元的点心礼盒，拿了收据。就那样穿过邻接的 JR 站向北走，就到了甲州街道。这条路是从我的事务所西新宿旁边一直延伸到此处，我觉得很不可思议。四周被群山环绕，夏蝉聒噪不绝，振聋发聩。

再往北走一条巷子，就看到了一条清澈的小河。眼看就要到山脚了，能明显地感到气温凉爽了许多。

在新旧住宅掺杂的街道上再走一会儿，清风拂面，不知从哪里传来了微弱的风铃声。我觉得在这种地方过隐居生活倒也不错。从地藏堂的某个角落往左手边一走，就看到了土生井的家。

看到他宅邸的外观我不禁屏住了呼吸。说是垃圾屋可能有点过分，但还真就是铁皮屋顶的破旧平房，周围堆满了无数的破烂。旧自行车、轮胎、音响设备、椅子、保健器材、柜子、床、冰箱、电风扇……虽然是整齐地堆放起来，但东西的数量非比寻常。房屋右

---

1. Japan Railways 的缩写，译为日本铁道，日本交通工具的一种。

侧有一个带有简易棚顶的小停车位，停着一辆损伤明显的白色轻型小汽车。

小心翼翼地按下玄关上的门铃按钮。过了一会儿门开了，一个五十多岁的男人，戴着圆框眼镜，露出一张苍白的脸。这就是土生井本人吧。胡子很稀薄，自来卷发型，身材消瘦。穿着的黑色T恤已完全褪色，灰色运动裤也蹭着泥点。身上散发着汗味和体味，还有点酒精的味道。虽说已经约好了客人，但之前还是忍不住喝了酒吧。

"啊……欢迎。让您来这样的乡下真是不好意思啊。"土生井愉快地说道，和电话里的他判若两人。

"我是给您打电话的渡部。"我一边说话一边走进了满是旧鞋的狭窄水泥过道。

"我是土生井。我这里看起来很厉害吧。这些并不是捡来的，我只是有舍不得扔东西的习惯，对长年使用的东西会产生感情……而且对我们模型师来说，不管是什么样的破烂东西，都能成为很好的材料。"

我含糊其词地笑着递上名片。

"抱歉，不巧我的名片用光了。"土生井一挠头，头屑便啪嗒啪嗒地飘落下来。

玄关处飘浮着刚刚喷过除臭剂的香味。鞋柜上放置着那瓶除臭剂。报纸堆了大约半米高，旁边摆着三个纸箱子。

走廊一直向内延伸，这里到处都堆满了纸箱。右侧并排两个拉门。左手边像是厕所，对面能看到厨房。而且旁边还有玻璃门，让人觉得是洗澡的地方。尽头很暗，看不清楚。

"这地方很闷，请吧。"

"失礼了。"

脱了鞋走上去，空气里混着除臭剂的香味和蚊香以及烟的味道，还隐隐约约地闻到点氨气的臭味。

"您是纸张鉴定师吗？"土生井看着名片说道。

"是的，本职工作是这样的，也做些销售工作。"我本打算像往常一样说明业务内容，想了一下还是放弃了，今天又不是来谈生意的。

土生井把我请到眼前一间开着门的房间。一进屋，我就闻到了稀释剂等化学药品的臭味，之前的各种气味都被淹没了。不知道地板是不是坏了，一走上去脚就软了。

室内也被东西堆叠得满满的。一堵墙边高耸着钢架，一半是塞得满满的塑料箱。车、飞机、坦克、船，还有机器人之类的模型。虽然不懂这行的我，也能看得出有些是珍稀物品。

还有一半是书籍和杂志，这边也有很多看起来很旧的东西。但是塑料模型和书都没有放到架子上，地板上也堆了很多。

"真是数量惊人的塑料模型啊。"我叹了一口气。

"是的，被称为'装载塑料'。就算花了一辈子也做不完啊。"土生井爽朗地笑了。

我发现土生井缺了一颗门牙，不由自主地注视了一会儿。

土生井可能是察觉到了我的视线，说："这个行当是很损耗牙齿的。不知什么时候就会吸了稀释剂呢。真是令人讨厌的职业病啊！"

我点头说："这么说来，我听说油漆店也有这种事。"

"但是吸烟的时候很方便，不用张开嘴都行，所以我没去治。哎呀……虽说也有没钱的原因。"土生井大笑起来，又把缺了一颗门牙的样子露了出来。

我忍俊不禁，于是赶紧转移了视线。别处也是纸箱堆积如山。

右边的架子前是烟斗床。为了加固，下边铺着木板。左边是壁橱，前面有一张桌子，上头乱放着工具、材料、刚开始制作的人偶和机器人零件类的东西。周围摆有很低的架子，也堆满了工具和材料。

此外，还有好几个像把纸巾盒拆分成两半一样的东西排列摆放着。淡绿色的包装上写着"KimWipes"。确实是日本造纸商Crecia 制作出的纸。听说性能很好。看来是土生井的常用品。

房间的另一边是纱窗，隔窗可以看到走廊外面的绿意盎然。窗外吹来凉风。

"这风不错啊。"

"是的，不需要开空调。"

座椅后面有个像茶器柜一样大小的玻璃陈列柜，里面摆放着已经完成的塑料模型和手办。

"这里有土生井先生做的东西吗？"

"有啊，不过是很久以前的东西了。"

我再次窥视了一下。有一架像刚打过蜡那样闪闪发光的复古车。旁边是《星球大战》里的宇宙飞船，是和电影中出现的那艘一模一样的涂装。下面一层喷气式战斗机的引擎部分烧焦的感觉也很逼真，甚至坦克的履带上还沾着泥土的污渍，简直就像在战场上一样。

另外陈列了一些关东煮路边摊，看起来很眼熟。原来是昨天晚上在推特上搜到的作品，没想到这么快就可以看到实物。骨架是用彩色的木头做的，纹理很细腻，让人很有食欲，像罂粟粒那么小，生动多汁。还有看起来像是装着酒的透明酒瓶……我不禁有点感动。

"这个小摊是刊登在杂志上的吧。在推特上介绍过。"

"啊，是三十年前的作品案例……你说的那个推……推特是什么？"

看来土生井对网络情况相当不了解。

"您不知道推特吗？是SNS（社交网络服务）的一种，哎呀，话虽如此，可能您也不清楚SNS。"

"嗯……我好像是被世人抛弃了。"土生井搔着头说。

"您不上网吗？"

"我偶尔会看，查一下东西。我没有电脑，只用手机。"

我本想用自己的手机展示推特，但以防万一还是先问了土生井："土生井先生用的是什么手机？"

"等一下。"土生井说着站了起来，朝着日式小矮桌走去。回来后，手上握着的是最新款的苹果手机。

"啊，您用着手机呢。"我稍微放心了一点。

"最近，共事的人无论如何都劝我换了。这是我家里最好的高科技产品吧。"

我问他："能给我看一下吗？"伸手接过他的苹果手机。

打开主页画面，图标只排列了初始设定的程序。推特和LINE都没有。

"刚买的，还没能熟练使用呢。所以，您刚才说的推特，是干什么的？"

"是个人向世界发布信息的媒介吧。作品也可以发表哦。"

"真的吗，那个……"

我对显出一脸馋相的土生井说："那么，您要不要试试安装软件？"

"要花钱吗？"

"不用，是免费的。"从软件商店里找到了推特，下载并得到了土生井的认证。

再使用"@hav1969"注册账户。土生井表示可以用本名注册。于是我又问了土生井两三个问题，制作了他的个人简介栏。五十岁，单身，职业模型师。他说头像也可以用他自己的脸，所以当场我就帮他拍了照片。

我再次用他的手机搜索了一下"土生井升"。用户名、How to 书[1]以及之前的关东煮小店手办模型在推特上很受欢迎。

"就是这个。"我让他看手机的界面。

"真的哟。是登载了我的书吧。虽然不知道是何方神圣干的，但是很感谢他。"

"今后您可以自己浏览了。难得的机会，请先在上面发个言吧。"

"要写什么吗？写点什么好呢？"

"比如'我开始用推特了'之类的。"

---

1. How to 书，日本的一种书籍大类，属于实用类图书，主要用于讲述方法论的图书。——译者注

"那就这个吧。"土生井如是发了推文。

"请关注一下推荐的账号，或者搜索一下认识的人并点击关注。"

"是'关注'吗？谢谢。不好意思，初次见面就麻烦你帮我做了很多事情。"

"啊，不会不会。"

土生井在玩手机："啊，推特真有趣啊。小道信息什么的都很快。现在有这么方便的工具吗？我竟完全不知道。听说只有百分之一的 Preiser Figure[1] 从市场上消失了？也有奇怪的事情啊……"

我想给自己找个地方待，又环视了一下室内。但是在房间的中央，丰富多彩的塑料模型被摆在了榻榻米上。树枝上挂着零件的状态，确实应该说是 Runner[2] 了。

"啊，对不起，太乱了。"

我被安坐在满是斑点的坐垫上坐下。

"现在您在制作什么吗？"

"GUNPLA[3]。"

GUNPLA 是出现在家喻户晓的知名动画中的机器人模型的通称。我小时候也经常做。说来好像看到过部分横置的大纸箱上印着

---

1. 德国品牌，专门生产制作人物和动物模型的玩具制造商。
2. 铸造时让液体材料流动的细长流道。即与组装前的塑料模型部件连接的框架。
3. 全称为 Gundam Plastic Model，指的是日本知名动画 GUNDAM 系列剧中的机器人、兵器、船舰等塑料模型，由 BANDAI 和 HOBBY 事业部担当制作、贩售及产品开发工作。

GUNPLA 制造商"BANDAI"的红色标志。

"这是工作吗？"

"嗯。自从不能发表自己的作品后，我主要做这种厂家的工作。总之，就像江户时代撑着伞的浪人一样。"土生井戏谑般地发出了嘻嘻的笑声。

"是来自制造商的委托吗？"

土生井点点头："这是份组装塑料模型的工作。比如用于商品目录和广告摄影的模型，在商品展览会的展示模型，或者某大型家电量贩店的连锁商铺新开张时也会有大量的订单。制造商会给零售店提供服务，用于店里展示成品。"

"有多少订单？"

"一般一次 30 到 40 个，多的话也会有 100 到 200 个订单。怎么说呢，因为成型颜色全按照设定，基本'素组'[1] 就没问题了。"

"素组？"

"嗯，就是照原样组装，但不要涂装。若是单色成型的等比例作品的话，也有人认为是'不进行改造就完成并进行涂装的物品'。也有人把它叫作'直组'[2] 来区别。"

"就算是那个组合，数量也……"我吃惊地说，"喜欢塑料模型也很辛苦呢。"

"是啊。但是不那样做就没饭吃了。"土生井双手合十鞠躬。

---

1. 素組み，类似青花瓷素坯。
2. 直組み，零部件。

我指了一个摆在桌子上五颜六色、来路不明的手办："那个也是委托作品？"

"那是出于兴趣有一搭无一搭做出来的东西。'垃圾零件'，用不需要的零件拼凑而成，也就是废品利用，不花钱。这个作品的确是以《维纳斯的诞生》为意象的……"

我曾经处理过美术书的印刷用纸，这部作品出现在样书上，所以我立马就明白了。轮廓确实是波提切利画的维纳斯。巨大的贝壳上站着一位全裸的女性，那是由各种塑料模型的零件像拼图般组装而成的。

"怎么说呢，只是放松一下。"

我哑然，居然在制作塑料模型的工作间隙用制作塑料模型歇口气。

我如梦初醒，拿出了自己带来的礼物："这是一点小意思。"

"您太客气了，我先去拜拜佛。"土生井收下后站了起来，走出了房间。

我再次毫不客气地环顾整个房间。仔细一看，原来门框顶梁的横木上插着画着静物的油画作品，一连插了好几张。其中只有一张是照片和油画板混在一起的。B5左右的尺寸。这是一张黑白照片，一个肤色白皙的美女。是以前的女演员吗？

"啊！又来了吗？"从隔壁房间传来了土生井的怒吼声。

"不是我干的！"这次听到了女人的怒吼声，声音像一位年老的女性。

"不是你还有谁？"

"我怎么知道！"

"你不是不知道吗?!"

突然传来扑通一声倒下的声音,我站起来侧耳倾听。

"我死了!"说这话的是一个老女人。

"你在说什么。你以为是谁在照顾你?"

"我不记得拜托过你!"

然后是吧嗒吧嗒在走廊里奔跑的声音。

"抱歉。我母亲大小便失禁了。"土生井从隔扇后边露出了脸,转瞬又缩回去了。

之后又持续了约十分钟嘎吱嘎吱的响声,最终怒声平息了。

"这个可以吗?哪儿来的钱?"突然听到老女人开心的声音,和刚才的音调完全不同。

"我已经付过钱了。"

"这个非常好吃!谢谢你啦!"

看来骚动平息了。

## 立体模型解析

　　土生井拿着盘子回来了，上面放着不配套的茶杯和茶壶。他倒了茶，放在我面前。

　　土生井说："给您添麻烦了。"

　　"是您母亲？"

　　"是的，大概十年前就患了老年痴呆症，渐渐变得严重起来……"说着，土生井点着了插在牙齿缺损部分的香烟。

　　"真不容易啊。"

　　"母子相依为命嘛，没办法。请喝茶。"

　　"我开动了。"我把茶杯端到了嘴边，"其实我也是母子家庭。虽然现在分开住，但是我们也必须做好觉悟。"

　　"这样的心理准备很重要。"

　　"我会记住的。"

　　"您给我们的点心，她很高兴。"

　　"那太好了。"

　　"说起纸张鉴定师，比如说您知道这本书用的是什么纸吗？"

土生井从旁边的杂志堆里抽出一本来。

我把沾在手上的水用裤子擦干了之后，把杂志接了过来。是A4大小的杂志。书名是《新手模型工作指南》，是出现在亚马逊网站上的书。打开看了看，是关于塑料模型组装方法的工具书，满是解说用的图注，全彩一百页，印刷很好。书由外封、腰封、内封和正文构成。

我用食指和拇指捻起外封的一端弹了弹，断断续续地说着："封面和腰封用的是同一种纸，是名为'A2 Coat'的高级别纸。因为品牌是GLOSS，所以是王子制纸的'OK TOP COAT+'，或者是日本制纸的'Orora Coat'。另外还有两三个候补选项，但我觉得应该是这两个中的一个。即使是老手也很难分辨，但我觉得从触摸腰封的感觉来看，是'Orora Coat'。"

"'A2 Coat'是什么？ A2版？"

"不，和版型没有关系。为了改善印刷状态，事先在表面涂上涂料的纸，也就是涂层纸，用字母A来表现。等级用数字表示，A0是超级艺术纸，A1是艺术纸，A2是外封纸。接着是A3轻型外封纸。这样说的话，A2可能会被认为是中下等的纸，但是因为涂层纸本身的品级很高，所以如果用于杂志或期刊的话，是相当高级的一类吧。"

土生井吸了一口烟。"原来如此，'涂工'就像模型上所说的'面漆（Surfacer）'一样。我也是材料控，听到这些很开心。"

我翻了翻内封。"内封是板纸，所以是王子的OK Elcard+，或者是日本制纸的F-1 Card，以及北越公司的Hi Lucky。书衣也是日本制纸，所以这里应该是 F-1 Card 吧。"

"F1 卡？听起来好像是赛车卡啊。"

我又用指尖反复弹正文的部分，发出了咔嚓的声音。"这是最重要的正文，A2 Coat 的 Dull 涂工纸 [1]。品牌是王子的 OK 嵩王 Satin Z 还是日本的 altima_silk 呢？果然从潮流来说是后者吧。"

"Dull 是什么？"

"位于光泽纸和无光泽纸之间。书的背面是无光泽纸，只有印刷面是光泽纸。文字和图案都可以漂亮地呈现出来，所以经常被用来制作说明书。"

"原来如此。"土生井接过来，眼睛贴近了正文，"确实是这样。"

我从第二个包里拿出了纸店七道具之一的名为 Peacock 的纸厚测定器。

"这样测量厚度的话，对照规格表就能知道连续量，也就是说，纸张的密度……"

"啊，对不起。不必麻烦。我完全明白了。那么……"土生井在用了很久的旧罐瓶口把烟熄灭，搓着手问，"今天来是有什么工作吗？"

"是的。其实并不是什么大不了的工作……"我拿出手机给他看了照片，"我想如果能听听您关于这个立体模型的感想就好了。"

---

1. 白色纸面没有光泽，为了满足印刷彩色部分尽可能地展现出光泽这一需求而产生，涂工纸被称为 Dull。

土生井一收到手机，就把圆眼镜从额头推了上去。"嚯！这可真是难得一见的图案啊。"

"对不起，只有这张图片。这个是所谓的 AFV 吗？据说土生井先生在这方面很擅长。"

"不，我一点也不擅长，不过这两辆坦克，前面的是'10 式战车'，后面的是'梅卡瓦'，都是 TAMIYA 产的，也都进行了涂装。"

"10 式和梅卡瓦？是哪个国家的坦克？"

"10 式战车是自卫队的坦克。因为是在 2010 年采用了制式，所以写作'10 式'，读作'Hitomaru 式'。梅卡瓦是 IDF，也就是以色列国防军的坦克。"

我在纸屋记事本上做了笔记。"为什么自卫队的坦克和以色列的坦克在一起？他们会不会参加联合演习？"

"那倒没有。以前，自卫队被 PKO[1] 派遣去过戈兰高地，所以应该没有带战车。可能只是因为喜欢这个作者吧。因为 10 式是日本的主力战车，所以有很多人对它很有好感。由于以色列是战争强国，梅卡瓦是利用充裕的军事预算开发出来的，原本就在玩模型的人群里很有人气，所以实现了独自的进化，车体年年增加最新装备哟。"土生井看似很开心，对于年纪相当小的我，也继续使用敬语。

我继续提问道："关于它的涂装，您觉得怎么样？"

"感觉像是很努力的新手作品。虽然绝对称不上擅长，但基本上再现了 10 式的二色迷彩，梅卡瓦也很好地涂上了朴素的灰色。"

---

1. 日本在联合国的维和行动，即 United Nations Peace-Keeping Operation。

我又追问道："竹刀灰色是什么颜色呢？立体模型怎么样？"

"以迪奥拉玛为基础"和Hobby的铃木一样，"吉奥拉玛"也被称为"迪奥拉玛"。"是沙漠的印象吧，也可以说是戈兰高地。装上黏土般的东西，多少有些起伏。然后直接贴上了透明粉的黄土色。但是很不均匀。这种粉末类的'水溶性木工胶'一般是用滴管滴在上面使其凝固，但是他好像不知道这种方法。"

"水溶……"

"就是用水溶解的木工用胶水。如果和水融合的话，干燥的时候就会被固定住。"

"还有这种方式……"我继续记笔记。

"手办是各自的配套元件附属的东西，自卫队员的迷彩也是配套的。两个原本就轻轻抬起手臂的姿势，看起来像是在握手。"

"为什么要握手呢？"

"咳咳……请问是这件作品原本就有什么问题吗？"

"其实是这样的。"我觉得可以期待更详细的分析，所以决定把详情告诉他。"听说是某位女性的男朋友做的，好像是送别人的礼物。"

"礼物……不是给她的吗？"

"对。她说可能是给了某位男性。也就是说，她怀疑她男朋友是同性恋，与同性出轨。我也想过是不是把坦克比喻成了男性生殖器。"

"……原来如此，这是个有趣的假设。"

"她如果确认他是同性恋的话，就打算分手。"

"那如果不是呢？"

"那么……还会发生别的问题吧。"

土生井沉思了一会儿，伸手从树荫下拉出一只大塑料瓶，那是一瓶八升装的烧酒。"我可以这样稍微加大马力吗？"

马力，是说喝点酒脑子就转得快的意思？就像我想事情的时候会不经意摆弄扑克牌一样？我只好同意："喝吧。"

土生井把烧酒倒进茶杯里，一口喝下去一半，等着烧酒沁入五脏六腑之后才说："把这个当作礼物送给了别人，但假定对方就是男人这个看法不是有失偏颇吗？公平起见，从其他角度考虑一下吧，也就是说，不排除是女性的情况。"

"喜欢塑料模型和坦克的女性？"

"所谓的'女模型师'是存在的。其中肯定也有喜欢坦克的吧。我认识的人中也有女性认为陆上自卫队的'综火演'是必不可少的看点。但是在这种情况下，我不认为收到这样的作品作为礼物的人会感到很高兴。现实中不可能存在的 10 式和梅卡瓦在一起的设定很难让人接受。"

我觉得自己推翻自己假设的土生井很不可思议，于是问道："那是什么样的女性呢？"

"突然想到的是，无论是否喜欢坦克，只说是有缘的女性。于是我注意到了梅卡瓦。众所周知，装备梅卡瓦的国家以色列是征兵制，所以信仰国教，或者说是民族宗教的犹太教徒，全部都要当兵，当然女性也不例外。也就是说，国防军的女性士兵或有过服兵役经验的人，乘坐过战车，或担任类似任务的女性也有可能是出轨对象。"

"啊，是吗？"我拍了拍膝盖。

"可能因为手办都是男性，所以大家习惯这么认为。但那只是一整套里附带的东西吧？如果要找以色列部队里的女兵手办，倒是有Plamax之类的厂家出，不过还得专门寻找、购买，不必那么麻烦。如果他有那么细致周到，从一开始就不应该买TAMIYA的梅卡瓦而是去找——比如说香港MonModel之类生产的Mark 4。"土生井口若悬河地说。

居然能从一张甚至看不太清楚的图片推理到了这里，我只能啧啧称奇了。

"啊！"我恍然大悟说道，"也就是说，对方是以色列女性，对吧？"

"是的，如果是生活在日本的以色列人的话。"

"这是不是有点太牵强了？"我吐槽道，心想这土生井莫不是只想炫耀一下他的博学。

"嗯，这是一种可能性。"土生井若无其事地说，大口喝着烧酒。

"啊？"我觉得有点累，但又补充道，"正如委托人所说，我也想考虑一下对方是男性的情况。"

"是同性恋的故事吧。"

我扭过身子，外套稀里哗啦地响了起来，是弘的钱包链。慎重起见，我把它一并带来了。

于是转交给土生井，说："委托人确信的原因是自己送的这个钱包被对方扔掉了。"

"礼物啊。那我看看……可能也只是单纯地坏了，或者是不喜欢罢了。"

"我查了一下，好像哪里都没有坏。"

这时我想起，前几天调查的时候在钱包里发现了特殊纸张的碎屑。拿出纸屋手账，从文件夹里取出了粉红色的纸片。

我把纸片拿给土生井，说："钱包里留下了这样的东西。"

"写着'R'呢。"

脑海中突然闪过一幕。以前在公司聚餐，结束后去第二轮的时候前辈带我去过一家六本木的外国人酒吧，我在那儿曾经见过一名以色列女性。我还记得有段时间还因为美国的电影行业里犹太人特别多而引发热议。

陪酒女如果来不及印名片，或者是临时雇来的人，会手写名字。"R"不就是手写的痕迹吗？而且，笔迹是字母，不就证明是外国人吗？

我马上说道："有可能是在日本的以色列人。"

"真的吗？"

"是'外吧'。"

"嗯？是指外国人干活的酒吧吗？"

"不过女招待是不干活的。"

"啊，学习了。"

"想一想，会不会是这样？男朋友想吸引在外吧认识的以色列女性。知道以色列女性是战车兵或有类似任务后，为了取悦她，男朋友先制作了以色列战车的模型，然后制作了日本10式坦克模型并排摆在一起，作为两个人之间羁绊的呈现。"

"嗯……是这个思路？不过'羁绊'这个词用得好。"

"哪里哪里。"我非常老派地挠了挠后脑勺以示谦虚。我在脑子里粗略地整理了跟委托人汇报的思路，应该没什么遗漏的了。

"那么我马上去找酒吧。多亏了您，帮了大忙了。"

"这样就可以了吗？"

"是的，足够了。"我从口袋里拿出皱巴巴的信封递给他。"小小心意，不成敬意。"

土生井双手恭恭敬敬地收下后，马上就拆开确认了。"哇，一万日元！这么多可以吗？"

我反而吓了一跳："啊……当然。"

"平常都是做些时薪二百日元的工作，对我来说太受宠若惊了，十来分钟就收到一万日元这事。如果换算成时薪的话……"

"不是挺好的吗？请您收下。那么我先走了。"

"还有，收据要……"

我想了一下说："那就拜托了。抬头可以按照我名片上的名字写。"

土生井从桌上取了收据册，一边参照我的名片，一边熟练地抄写下来。

"商品名是咨询费可以吗？"

"是的，这样就可以了。"

我收好写着"土生井有限公司"的税后一万日元收据的复印件。

"也没有好好招待您……"

我站了起来："别客气，那我先走了。"

土生井把我送到了门口。回去的路上，我想我可能不会再来这个垃圾屋了吧。

在回程的电车上，我拿出手机，在 LINE 上联系了委托人杏璃，询问她男朋友现在工作的地点，什么时候开始在那里工作的，每天几点上班，哪天休息，等等。大约过了十五分钟，消息显示"已读"，又过了五分钟，她回信了。

"辛苦了（^_^）。现在工作地点在东长崎，从五月开始大概去了两个月了。每天工作是早八点半到下午五点左右，休息日是每周日和每隔一周的周六。麻烦你啦！"

我道谢，并回复："保持联系。"

从所泽到东长崎的话应该要坐西武池袋线吧。最近的繁华街区应当是有两站之外的池袋。如果杏璃的男朋友去外国人酒吧的话，那么一定在那里。

我继续用手机搜索池袋的外国人酒吧。搜索的结果有十几家，所有的店名和地址我都做了笔记，用于记录纸张店业务的手账上写满了饭店的名字，说来可真是稀奇。

接着在网络论坛上打开外国人酒吧的相关页面，检索介绍以色列女招待的相关信息。的确以色列人数量稀少，能搜到的只有锦系町和池袋两家店，池袋自然成为概率最高的。店名是"狂野纽约"，当然刚才的笔记里也有。

# 池袋

转眼间七月的最后一个星期五来了。虽然每天都孜孜不倦地顶着酷暑去事务所，但要说本周完成的大事，就是向 KADOKURA 出版企划在年末发行的名为《MS 年鉴》单行本的设计大赛提交了核价表。

这本 A4 大小的书几乎是每年发行的动漫系列作品设定集里人气最高的，预定印数在十万册左右，在最近出版的一些刊物中印量相当多。

书衣、腰封、内封自不必说，正文实际上有五百六十页之多，印刷用纸的用量相当大。因为要印满精美的图片，必须要使用印刷质量良好的"A2 Coat"涂层纸。这个纸由于等级高而价格昂贵。因而，光是正文部分的内容就意味着非常大的订货量，总重量在两千吨以上。对纸商来说，是一桩志在必得的买卖。

如果需要采购两千吨以上的纸，出版社就会大摇大摆地来收取报价，为了节约经费，必须得降低单价。所以每家纸商都会与各自合作的造纸厂商商量，争取仅此一次的特别报价，这是一次公开进行的降价竞赛。

我的事务所是新入行的且相对弱小，有其他纸商和我们选择同一个厂家时，我们的重要程度根本比不了那些交易量大的老客户，所以很难得到好的价格。这样竞争的话是赢不了的，但是可以秉承着重在参与式的奥林匹克精神，提交每次的报价单。最终结果的发表是在盂兰盆节结束以后，接下来就只能抱着侥幸心理一味地等待了。

说起这周做的另一件工作，就是继续米良杏璃交代的调查工作。话虽如此，但迟迟没有什么进展。明天是周六，是杏璃的男朋友弘的休息日，相当于隔周的两连休。这样的话，今晚肯定会放开了玩。我在LINE上向杏璃询问了今晚弘的动向。果然，据说是和工作伙伴一起去喝酒了，到家以后已经是深夜了。

杏璃还是一如既往地怀疑弘和工作伙伴是男同的关系，而我根据土生井的推理，确信会在池袋的"狂野纽约"找到一位外国女性。当然，在弄清楚之前不能擅自下定论。

我只告诉了杏璃今晚要展开调查。被她问到"终于要跟踪了吗？"时，我否认了。东长崎的城建集中住宅区正如杏璃所说的那样大，很难找到弘的身影。提前到池袋的酒吧才是上策。

想必弘应该会在下午五点结束工作，收拾打扮出门。酒吧七点开门，所以应该会先去填饱肚子，预计他会去某个小酒馆，或者还有可能和以色列女子一起行动吧。

我加班到六点，只带了桌子上的扑克牌就离开了事务所。徒步到新宿车站，在平时需要站着吃的荞麦面馆吃了碗面，然后坐车来到了山手线的外环。

从池袋站北口出去的时间是六点五十分。我朝着"狂野纽约"走去。到达酒吧所在的大楼是六点五十八分。看招牌，店铺应该在地下一层。下了楼梯后看到有三扇门，其中一扇门上贴着一块黑色的牌子，上面写着金色的字："GENTLEMEN'S CLUB WILD NEW YORK"。我暂且先返回地面，站在了斜对角的便利店前，监视着酒吧的出入口。

过了十五分钟左右，一个客人也没有进去。我很快就觉得累了。百无聊赖之中忍不住摸出手机，但想着不能错过来客，马上又收了回去。

又过了十五分钟，我已忍耐到了极限。并非专业侦探，埋伏什么的说到底还是不行。

我决定进入"狂野纽约"。走下楼梯，打开店门。拨开水晶门帘，昏暗的店里霓虹彩灯的光线旋转着，电音舞曲轰鸣。

"欢迎光临！"几个外国女人一齐发出了气势磅礴的声音。

一个看上去像是Rapper（说唱歌手）肯德里克·拉马尔的有着童颜的小个子黑人男性，拿来了皮制的收银夹板。

我问他："怎么消费？"

"九十分钟随便喝，收您四千日元。"

我在夹板上放了张皱皱巴巴的五千日元纸币。经费应该找我的委托人报销。"能给我收据吗？"

"好的。"

马上收到了无记名的发票和同样皱皱巴巴的找零，随后我就被带到了里面。

从坐满了数位女招待的吧台旁边穿过，再往里走，墙角是黑皮革的沙发。有几个黑色的小方桌，周围是圆椅。房间的中央宽广空旷，天花板和地板各镶嵌着一个直径约十厘米的金属制盖子，这是装过钢管舞道具的痕迹吧。

时间还早呢，没有其他客人。

"您想要喝点什么？"和拉马尔长相相似的店员拿出小菜单说道。

"杜松子酒。"

"女孩子要选哪一位呢？有罗马尼亚、多米尼加、菲律宾、泰国……"

我朝柜台看了看。所有女招待都朝这边抛着媚眼，不停地推销自己。我看清了，有两个白人、一个黑人和一个亚洲人。

我问："没有以色列人吗？"

拉马尔一脸惊讶的表情说："是有的，不过今天还没来。"

果然是有的呀。还没来就是说，和弘在一起吗？

"那么……罗马尼亚"，我提出要求，但没有什么特别的理由。

"嘿，狄安娜！"

被拉马尔点名，一位金发瘦小的女性来到我身边，她穿了身像睡袍一样的粉色礼服。脸蛋算不上特别漂亮，但也不算丑。她没有坐到我对面，而是坐在了我的左边。

"晚上好，我是狄安娜。"

她用比较熟练的日语要求我跟她握手。

我接过拉马尔给我的杜松子酒，说："啊，晚上好！我是凯。"

"凯先生对吧？你好帅啊！"

"啊，是吗？"并不完全是。

"我可以喝饮料吗？"狄安娜顺势问道。这是一个煽动他人花钱的套路吗？

"多少钱？"

"女士饮料一千五百日元，葡萄酒三千日元，香槟一万日元。"

"那么，最便宜的女士饮料吧。"

狄安娜不服气地嘟着嘴在纸片上写了些什么。举起那张纸挥动了一下，拉马尔飞奔过来拿，并递给我收银夹板。

我把刚才找零的一千日元和一枚五百日元的硬币放在了上面。

"收据。"

不久，在狄安娜的面前放上了一杯像试管一样细的玻璃酒杯。里面没有多少东西。我拿到了收据。

"干杯。"

"罗马尼亚人，把干杯叫作'Noroc'！"

"Noroc？那么，Noroc！"

"Noroc！"

我们把玻璃杯碰在一起了。

我毫不掩饰地说："能给我一张名片吗？"

"好啊。"狄安娜从化妆包里拿出名片。

我收下看了一眼，纸张是淡粉色的美人鱼。大概没错，和预想的一样，用手写的文字写着"DIANA"。

"罗马尼亚真的有吸血鬼吗？"我问。

"Da。"

"Da？"

"罗马尼亚语中是 Yes 的意思。"

"那么，'No'怎么说？"

"Nu。"

"所以，吸血鬼在阳光下会变成灰烬吗？"

"嗯。"

"果然是在家门口挂大蒜吗？"

"嗯……"

"家里男人不叫你，你就不能回家吗？"

"什么？"

能想到的话题已经枯竭了。

我此时此刻拿出了随身携带的扑克牌盒子。

"KI——RI——FU——DA？"狄安娜一边读着印刷在表面的"Kirifuda"字样，一边准备打火机。

"这不是香烟。"我从盒子里拿出了里面的东西。

"要玩卡片！"

我用拙劣的英语说了："Kirifuda means trump。""trump"原本就是 Kirifuda，也就是王牌的意思。

我经常摆弄的这副扑克牌，是专做高级板纸或特殊加工纸的五条制纸的样品，也是非卖品，除了用来给客户送礼，也一直是我喜爱的玩具。

扑克牌的用料是五条制纸的原创品牌"Kireda Glows Blue

Center"，是这种特种扑克牌和 Trading Card 专用的特殊板纸。

基本上板纸由三层组成，但是这个品牌的卖点是，中层的纸是蓝色的，即使用光照射也不会透到里面。这个重要的工艺决定了一副扑克牌是什么性质。样品卡中加了两张仿制层，为了展示其性能特意分解开来让我们看到中间那层，当然我现在不打算在这里展示。

"你喜欢魔术吗？"我问。

狄安娜很高兴地说："Da Da。"

我打算玩扑克牌魔术。这是为了给酒会助兴或是不想冷场而特意学会的，我唯一的绝活。首先，作为预演，把扑克码开呈扇形给大家看。"这是扇子！"接着让大家看到我在空中像弹簧一样将牌从一只手向另一只手啪啦啪啦地移动。"这是瀑布。"还有就是普通的"回流洗牌"。

"凯先生，您是专业魔术师吗？"狄安娜瞪着眼睛说道。

我说了刚记住的否定语："Nu。"

然后是正式表演。使用四张七，猜对方选择的是哪张卡。让她观看这种初级魔术，她也很开心。接下来，将卡片堆起来，趁对方不注意开始依次放置卡片，弄出四个方块，上面出现的卡片也全部变成黑桃。

狄安娜高兴地鼓掌。

就在这时，从入口乌泱乌泱涌进来很多人。有一对男女，明明是夏天，男的却穿着件崭新的皮夹克，他的脸和杏璃给的照片一模一样。没错，就是弘。他旁边穿着蓝色礼服的白人女性，像好莱坞女演员一样美丽，大概是店里最美的人吧。

狄安娜向女士点头示意。

"她是哪个国家的人？"我问。

"RAKERU？以色列人。真的很漂亮呢。"狄安娜又嘟着嘴说。

果然如此，这个以色列女人叫RAKERU吗？那么，开头应该是"R"吧，一下就确定了。土生井的直觉太准了。

这一对坐在了左侧最里面的座位，在狄安娜的左后方。弘拿出钱包给RAKERU看。是不是在说"我在用你的礼物"呢？钱包款式和以前的一样，是带链条的长款钱包。果然并不是对形状不满意。RAKERU很开心地摸了下那个钱包。

我打开了手机的相机，决定拍照片留下证据。

"再来一杯，可以吗？"狄安娜想要酒。

"好啊。作为回报，我可以给你拍张照吗？"

狄安娜摆了个造型："嗯，只能稍微拍一下哦！"

我把焦点放在了后面的情侣身上。光圈自动调节，将RAKERU和弘亲热的样子拍得很清楚。任务完成！

"让我看看。"

我慌忙地说："出错了，稍等我一下。"

然后我赶忙重新给狄安娜拍照，又给她看了照片。

"Multumesc！我们一起拍张照吧！"说着狄安娜把身体紧紧地贴近了我。

好像是要拍合照。我请刚把狄安娜饮料端过来的拉马尔帮我们拍了照。

"把照片传给我吧。"

和弘的情况不同，我这里没有什么特别不方便的。和狄安娜互相交换了LINE，发送了两张照片。

"Multumesc！"狄安娜再次说出了不可思议的单词。

"Multu……mesc？"

"是谢谢的意思。"

"这样啊。穆尔兹梅斯克！"说完，我站了起来。

## 调查报告

　　一出门发现天已经黑透了，柏油路上还弥漫着白天的热气。我想尽快把调查结果告诉杏璃，所以快步走到车站。离开酒吧一段距离之后，我靠在铁路旁边的栅栏上掏出手机，打开LINE的聊天界面，给杏璃发了消息。

　　"调查完毕。我想弘先生并非同性恋。

　　"但是，他似乎和池袋一家外国酒吧的女招待关系很好。我发照片证据给你。"

　　发完短信后，又附上了刚才拍的照片。等回信的时候，马路对面传来了夜总会拉客的招呼声，我摆了摆手赶走了他们。才过了五分钟左右短信就显示已读了，我收到了回信。

　　"真的吗？""震惊！""谢谢您！""虽然知道他不是同性恋了，却还是很受打击。"

　　对于连续收到的短信，我只能糊里糊涂地回一句："你还好吧？"

　　过了一会儿工夫，收到了杏璃的回信。

"这算是劈腿吗？"

我想了一下回她。

"虽然两人是在一起，但是说实话，无法判断两人的关系到底有多好。从个人经验来看，我觉得他们并没有那么亲密。"

"是吗？"

"渡部先生是怎么知道那家店的？"

"说来话长……"

"那么，下次去付你钱的时候请说给我听听。"

"那得下周二了，上午十点钟的时候可以吗？"

"好的。"


一周结束了，进入到八月第一个星期二。都说二月和八月销量会下降，所以我的店完全处于休业状态，我待在开了空调的事务所里什么都没干。因为无事可干，干脆摆弄起了扑克牌。

十点多，杏璃来了。她穿着跟上次一样的衣服，只是颜色不同，而我看到她脸的一瞬间震惊了。她鼻梁上打着厚厚的白色石膏。

"这又是……"我一边请她坐到沙发上一边问，"到底怎么了？"

"被弘打了。"杏璃用更加严重的鼻音说道，"鼻梁骨折了。"

"怎么会……"

"我给弘看了那张照片，逼问他，结果他恼羞成怒了。"

"原来是这样啊……可怜你了。"我从咖啡机倒了杯咖啡放在了杏璃的面前。

"他反问我怎么会知道这件事，但其实我也不知道您具体是怎么做到的……"

"我也还没和您说明呢。"

"就算我知道前因后果，也可能会被打吧……"

我取出纸屋手账，一边翻页一边尽可能详细地传达土生井和我的推理。关于两辆坦克、关于以色列的征兵制、我又是怎么找到池袋那家店的。不过和我一样，关于模型的细节部分，杏璃好像不能理解。

杏璃一边喝咖啡一边听，最后说了一句："哦……原来是这样啊。"

"没想到您……这么快就一个人突然去找他对质了。要是能找个人同去主持公道什么的就好了，都怪我没提醒您。"我跟她道歉，虽然说我并不需要为此负责，但是没有考虑到这一点我确实也很后悔。

"确实是这样，但是既然知道了秘密，我肯定憋不住要马上说出来。"

"那之后怎么样了？"

"我把他轰出去了，毕竟是我家嘛！"

"分手了吧。"

"嗯。所以，这些钱是用来感谢您的。"

"好的。"

"说好的是十万日元，但是鼻子的伤花了很多治疗费。"

"是的。"

"两万日元可以吗？"

突如其来的失落。两万吗？看样子经费是申请不到了，心疼是肯定的，但是她的身心其实会更痛吧？说起来，这本来也不是我的主业，也不指望它挣钱。

我大度地说："可以啊。"

"对不起。"杏璃从粉色的钱包里抽出两张万元钞票放在桌子上。

"要开收据吗？"

"不用了。"

我拿出了弘的钱包："那么，我把这个还给你。"

"啊，这个就算了。如果可以的话，我想把这个钱包代替报酬送给你。"

"这样啊……那太谢谢了。"正好我自己的钱包坏了。

"另外，还有另一份报酬要给您。"杏璃露出意味深长的笑容，"我想给您介绍一位客人。"

"客人？来做纸张鉴定吗？"

"话说，她是我店里的常客，我跟她说了这次的事情，她好像很感兴趣。果然，她也有塑料模型相关的事情想和您聊聊。"

又是塑料模型吗？这不是我的专业呀。事情变得越来越奇怪了。

"会是什么事呢……"

"我想她大概比我有钱，而且是非常漂亮的美女哦！"

不管形式如何，有一份临时收入还是很难得的。况且，也不能否认"美女"的因素多少让人心动。

"但是如果是很难的案件的话，就棘手了。"

"光听你说话就行。给，这是我要转交的。"于是杏璃拿出了一张名片。

我收下看了看，上面写着"田中商事秘书科曲野晴子"。

"曲野……晴子？"

"是曲野小姐哦！"

我没什么自信，但万一有什么情况的话，还是再去拜访一下土生井的垃圾屋吧。

"既然您把话说到这里了……"

"那我联系一下对方，后天您有时间吗？"

那天我应该没什么事，所以我回答说："可以啊。"

那天晚上，我终于解决了一件事，给介绍土生井的野上发了一封感谢的邮件。对土生井温厚的人品、广泛的学识、敏锐的洞察力赞不绝口，最后以一种沧海遗珠的口吻说："很不可思议，到底是因为什么原因被业界榨干，遗忘在角落里了呢，真是太可惜了！"

深夜，我收到了回信。


渡部圭先生：

　　非常感谢您郑重的回复，告诉我问题已经解决了。让我觉得这次介绍土生井先生是很有价值的事。正如渡部先生所说，土生井老师不能在舞台上活跃，连能跻身于其末席弟子的我也感到很惭愧。关于土生井老师会变成这样的详细原因，很遗憾我不能告诉您，但我可以跟您介绍一下大概。土生井先生曾为一本专业杂志撰写文章，批评业界屈指可数的某大型企业涉嫌伪造产品，其行为触碰到了这家大企业的逆鳞。土生井老师被要求修改报道并做出道歉，但老师全部拒绝了，因此该企业就宣布撤掉投放在这本杂志上的所有广告并解除所有合作。该杂志为了逃避制裁，决定停止对土生井老师的作品制作和执笔委托。该企业还将矛头转向业界其他所有的专业杂志，要求停止对土生井老师的作品制作及执笔委托，向业界团体请求解除与土生井老师的合作意愿，禁止他出席任何活动。如此一番，才有了土生井老师的怀才不遇和悲惨状况。以上我的长篇大论写得不好，深表歉意。区区一名弟子僭越了，今后也请多多关照土生井升先生。

野上 拜阅

## 第二份委托

　　星期四空出一天，到了傍晚气温也丝毫没有下降的趋势。曲野晴子在超过约定时间两分钟后来到事务所，作为访问礼仪是无可挑剔的。

　　正如杏璃所说的那样，晴子很漂亮。就像是把清秀画在纸上，再用 A0 超级艺术纸制作出的高精度印刷品。我也尽我所能做出漂亮的笑容来迎接她。

　　她看起来比我小四五岁的样子，个子很高，身材很苗条，没有染色的乌黑亮发垂在胸前。轮廓是东洋女人的瓜子脸，却有着西洋人鲜明立体的五官。说实话，我觉得只要是这位女子要谈的事，什么事我都能帮她解决。

　　她穿着白色连衣裙，腰部系着的细皮带和高跟鞋都是浅驼色的，左手提着的四十厘米四方的纸箱也是同色系的。看来这次的研究对象不是图片，而是实物。

　　我带她去接待处，晴子道谢，把纸箱放在了桌子上。

　　"您好，我是渡部，我的本职是纸张鉴定师。"我紧张地递出名片。

"我是曲野，久闻大名。"晴子修长的手接过名片，什么戒指都没戴。

"传言而已，我没什么了不起的。"我实话实说。

我坐在沙发上，晴子站在那儿开始解尼龙绳。我就这么仰头看着她。

"不好意思我就直奔主题了。"

"您请。"

解开绳子后，晴子捧着纸箱把它提起来。噗的一声，箱子整个被拔了起来，下面露出另一个箱子。就像俄罗斯套娃一样。

中间的箱子侧面有切口，晴子把切口朝前一倒，可以看到内部有个模型，手伸入底部，把它拿了出来。

晴子将模型摆在桌子中央，转了一圈正面对着我："就是这里。"

这是一栋房子的立体模型。让人联想到昭和时代的摩登平房，墙壁是白色的泥灰风，非常复古。正门口还有铭牌，可能是牌子太小了，上面没有写名字。

房子前面是一条旧式的木篱笆，门前停的白色小汽车不知为何严丝合缝地排成一列，大门被打开。院子里种着草坪，长着一棵半高的树。这个模型在我这门外汉看来也是做得很好的一件作品。

"真是一个很棒的立体模型啊。"

"是的，我也这么认为。"

"这件作品怎么了？"

"这是在我妹妹的房间里发现的东西，她跟我住在一起，叫英令奈，英语的英，令和的令，奈良的奈。十九岁，上大学一年级。就是这个妹妹呀……"晴子低声咳嗽了一下继续说道，"其实她三个月前失踪了。"

"失踪?!"她的话一下抓住了我的耳朵。事情是不是有点太严重了?

即使是普普通通的工作，出版社的资材负责人偶尔也会摆出一副世界末日的表情来问话。比如说绝对不能延期发售的出版物、重大的书写错误、因为印刷事故发生了重印，或急需用纸的情况。这时不要慌张，从全国的库存地 A 和库存地 B 中一点一点地收集同品牌的纸来交货。那样的事情我很擅长，但是这次的情况大不同了。

我有点想要退缩，但还是堆起商业微笑，用"推销员式同情脸"说："确实很让人担心，这事当然要报警了。"

"是的。已经发出了搜索请求，还提交了各种信息和线索。但一直还是没有消息，行踪不明。我觉得自己也必须要再做点什么才行……"

"……也就是说，这个立体模型也是一个线索。你也给警察看了吗?"

"是的。他们只是拍了几张照片就还给我了，这之后也没说出个所以然来。"

确实，这东西一般不会被认为是可疑的东西吧。我觉得也不能责怪警察。我起身去了咖啡机那里，端来了两人份的咖啡。

"有点烫。"

"谢谢。"

我喝了一口咖啡后说："你也求助过侦探社吗？"

"是的。但是……不小心去了骗人的地方，钱被骗走了，最终没有任何效果。"晴子爽快地说，但其实她应该是很痛苦的。

"那真是祸不单行啊！我挺同情你的。所以就抱着抓住一棵救命稻草的心情来我这里试试？"

我这么说是想让她放松。

"是的……啊不，不是那样的。我问了杏璃小姐，她说渡部先生擅长从立体模型中寻找线索。这样的话，我想应该能从这件作品中发现些什么吧……"

如果让土生井看看的话，大概会知道些什么吧。和上次不同，这次可以看到实物，所以得到的信息量不一样。但问题是，不一定总是成功的。

我决定丑话先说在前头："杏璃女士的那件事碰巧顺利了，这次不能保证结果。"

"多小都可以，什么都可以，能多一个线索也好……无论如何，拜托您帮帮忙了！我一定给您丰厚的谢礼！"

当然我并没有想拒绝的意思："这样啊……既然您话都这样说了……"

"啊，谢谢！"晴子朝我深深地鞠了一躬。

"喝口咖啡吧，里面没加什么特别的东西。"

"好的。"晴子终于把杯子端到了嘴边。

"话说回来，这个是你妹妹的模型……"

"我忘记说了，这或许不是我妹妹做的，我不确定。妹妹好像也参加过制作这种东西的讲座，虽说带回来过未完成的小作品，但我觉得她做不出这么好的东西。大概是别人的作品。"

"或者突然进步了？"

"不会吧。有一个收据可以作为证据，请您看这个。"晴子稍微抬起了立体模型的底板。

我低着头看了看，黑色的手写文字"S to E"。简直就像是纪念戒指。看来这次又是关于礼物的话题。

"这个大写字母是……？"

"E 是指妹妹英令奈吧。S 我就不清楚了。"

"是妹妹的恋人吗？"

一瞬间，我仿佛看到了突破口的光亮："也许是这样，我不知道。"

"我觉得这个 S 和妹妹的失踪有关系。"

"嗯，有可能。"

"为什么会送这个呢？这座建筑物的由来是……？"

"完全不清楚。"

"一点印象都没有吗？"

晴子想了想说："完全没有。我们从来没住过这样的家，也不是亲戚朋友的家。"

"完全无关的题材呢。"

"至少据我所知是这样的。"

"比如说这是她现在住的房子？"我装作侦探的样子，继续提问。

"谁知道呢……我不太愿意这么想。"

"不好意思冒犯了。"我摇了摇头，"只是手工制作的礼物，实际居住的可能性不大……"

"是啊，我感觉也是。"

"难道只是梦想中的房子吗……"

我们沉默了，静静地喝着咖啡。

"不好意思我拍一下。"我拿出手机拍了立体模型的整体照片。

我用谷歌的图像搜索功能上传了照片。晴子弯着腰兴致勃勃地看了看。她的脸靠得很近，搞得我心神不定。搜索结果中出现了无数个房子的照片，令人无从下手。

我一边挠着头一边对晴子说："再跟我详细说说令妹，啊不，请跟我讲讲你们姐妹的情况。"

"好的，但是说来话长。"

"您请便。今天我没有其他客人。"

晴子开始说了："我和妹妹不是同一个父亲生的。我的亲生父亲在我十三岁的时候发生交通事故去世了。母亲很快和一位年轻的男性——我的继父再婚了，于是就有了我妹妹。所以我们相差十四岁。"

我快速算了一下，晴子现在已经三十三岁了。

晴子像是陷入了沉思，迟迟没有开口的样子，我就决定说点自己的事情。"好羡慕有兄弟姐妹的人啊！我是独生子。其实在我十几岁的时候，我父亲也因病去世了。他是一个非常沉默寡言的人，我从小就没有跟他亲近的记忆，唯一的印象是他是一位非常能干帅气的父亲。"

"是吗？我也非常喜欢父亲。"晴子又开始说话了，"我出生在熊本。高中毕业后，我靠奖学金上了东京的短期大学，同时开始了独立生活，靠打工勉强维持生计。虽然过着很穷的生活，但是无论如何都不想受家里的照顾。我一毕业就在现在的公司就职了。在那里工作了十三年。在那期间，我在公司的很多部门都工作过。因为精通各种业务，所以三年前开始进入现在的秘书科。"晴子用咖啡润了润嘴唇，"妹妹从高中时就退学了，来到这里依靠我。两年前，她十七岁的时候，母亲查出了癌症晚期。但是继父不愿意照顾母亲，逼迫她离婚，母亲答应了。我们姐妹暂且回乡，在亲戚的帮助下让母亲住院治疗，但不久之后母亲就去世了。葬礼只让家人到场，没多少人就办完了。"

"真不容易啊……"我安慰道。

"没有。后来妹妹总算高考完，考上了大学，从今年春天开始成了一名女大学生。自从她上大学之后，我就觉得很安心，但从五月开始，妹妹开始有点心理的问题，偶尔会去医院，也时常参加一些自己找来的团体治疗活动。我一直很担心，结果有一天她再也没有回家，事情就是这样了……"

"您说您妹妹的心理有问题，具体是怎么回事？"

"抑郁，有时会陷入恐慌症。"

"恐慌障碍……"

"突然感到不安，心跳加剧，心率和血压上升，全身发抖，有时也会发出呼喊声。"

"竟有这样的事。"我渴了，喝了口凉咖啡，"刚才我也说过了，对像我这样的业余爱好者来说这有点难，但我想如果能帮上一点忙就好了。"

"请多关照。"晴子微微低下头。

"那么，我想详细调查一下，模型可以寄存在这里吗？"

"好的，当然。"

我想把立体模型放回箱子里，但是因为没有经验，晴子特意向我说明了收纳方法。

"还有，为了能及时联系您，我们可以交换 LINE 吗？和电话不一样，这个能随时和您报告。"

"好的。"

和杏璃那次一样，我们同时操作了一番手机。

"您好，我是渡部。"

"您好，我是曲野。"

"好了。"

晴子说："啊，我把妹妹的照片也发给你。"说着，照片收到了。

以碎花窗帘为背景，穿着黄色毛衣的短发少女抱着熊猫玩偶微笑着，残留着稚气的脸，五官清晰可爱，也有和晴子相似的面容。

"那么，我来保管模型作品。如果知道了什么，我会立即通知你的。"

"请多关照。还有，听说要交定金……"晴子说着从包里拿出了漂亮的纸信封，"这样可以吗？"

"这可真是……"我收下了，当场查看了里面的东西。

令人吃惊的是信封里装了五张万元钞，我只好下定决心一定要付出相应的努力。

晴子今天说了很多次"请多关照"，又微微低下头。

像杏璃那次一样，我把晴子送到了公交车站。

# 白色房子之谜

周五上午一早我给土生井打了电话。从电话里听到了上次那种毫无生气的声音，不过这次我发现，当我报上名字的时候，对方说话的音调上升了些许。估计是期待着我会给他带去新工作吧。

"前几天谢谢您了，托您的福，问题解决了。"我对他道谢。

"是吗？那太好了。"

我发现虽然只是打了电话，这事也有戏了。我传达了明天就想请他再帮忙看作品的意愿，他爽快地答应了，这让我暂时松了一口气。

周六的酷暑从早上就开始了。这是八月的第一个周末，去高尾的电车里非常拥挤，我拼命保护纸箱，以防被毫不留情地撞到我的乘客碰坏它。没想到用电车运送别人的模型作品是这么劳神的一件事。到了高尾站，我和箱子一起从电梯口冲出来的那一刻，我的心才放到了肚子里。

这是我第二次造访，所以很顺利地就到达了土生井的垃圾屋。这附近倒是通风良好，生活还挺安逸。

"呀，您来啦。"土生井似乎完全恢复了健康状态，站在门口迎接我。我随他走进了起居室兼工作场所。GUNPLA 的 Runner 还是散落满地，显得屋子越发狭窄。应该还在继续制作那个厂家委托的展示用成品。

"您好像很忙啊。"

"这个我一时半会儿完成不了，还有五十多个呢！"

"这样啊！我甚至都想帮您做了。"

"我可没有闲钱付您打工费。"

"开玩笑的，我没那个手艺。"

我拿出了和上次一样在车站大楼买的点心盒。"您母亲最近身体如何？"

"还是老样子。"

这时，隔壁传来了一个老女人的叫喊声"喂！喂！"。

"刚说完就……失陪一下。"土生井拿着点心盒出去了。老女人的声音不断，我竖起耳朵。

"有人偷了我的钱包！"

"啊，真的吗？"

"真的呀！我的钱全丢了！"

"那可不得了，我现在就去追回来。"

"你去给我追回来吗？"

"嗯，我马上去。所以您放心吃点心吧。瞧！"

"啊，我可以吃吗？钱怎么办呢？"

"我已经付钱了。"

"谢谢……这个非常好吃！"

土生井回到了起居室。

"打扰了，我妈妈很高兴地吃了你带来的点心。"

"那太好了。"

我马上翻出随身携带的东西，把立体模型放在了茶几上。

土生井认真地看着作品说道："又是迪奥拉玛呢。我并不是专门研究迪奥拉玛的。"

"麻烦啦。您觉得这个做工如何？"

"嗯，这是很不错的东西。制作也相当精细。"

"是专业级吗？"

"嗯，可能来自专业人士。"

"这样啊！您能从这件作品中获取什么信息吗？"

"嗯……大概是昭和中期建造的木屋吧。嗯……我们家的破房子也在昭和后半期，相比之下他这个才是更上流的东西。泥灰墙好漂亮啊，中间的不透明薄片被认真地涂装着，大概是等比例缩放到二十四分之一到二十八分之一之间。N 规格、HO 规格的铁路模型的构造可以首先排除掉了，但我不记得有如此个性的套装呀。"

我打开了纸屋手账。"N 和 HO 各自代表什么样的规格呢？"

"N 大概是一百五十分之一，HO 是八十七分之一。相当小。房屋套装的话，一般来说是出自河合商会——虽然现在已经倒闭了，由其他公司继承了它的模具，但是其'风物诗系列'和'箱庭系列'都很有名，可都不像这件作品这样有个性，而且建筑更普通，做工也很粗糙。也就是说，这个并不是市场上售卖的套装，是'Full

Scratch'。"

"Full……Scratch？对不起，我不太懂专业术语，您得再给我
讲讲。"

"准确地说，是'Full Scratch Build'，是使用原材料切削，
从零开始完全自制的模型。这个是从板材或塑料板中裁切出来，做
成箱装——果然是桧木材质的啊！"

"箱？装？"

"因为是组装成箱子状的，里面是空的。"

"所以才这么轻啊。"我继续做着笔记。

"嗯，没必要做得太重。"

作为搬运者的我，觉得没有比这个更重的了。土生井断定这不
是市面上卖的商品，而是我所想的原创作品。

土生井在矮脚桌上一边转动立体模型一边观察整体，慢慢地举
起确认背面的签名。真是好眼力。

"怎么样？"

土生井想了想才说："这个好像也是礼物作品呢。一个叫 S 的
人送给一个叫 E 的人的吗？"

"事实就是这样的。"我答道。不过为了保护曲野姐妹的隐私，
我隐瞒了 E 代表英令奈这个信息。

"S 好像是作者。我稍微想了一下记忆里这种有名的立体模型
制造家的名字，但从这个风格来看，似乎暂时还没有找到合适的人
选。而且，这个嘛，与其说是迪奥拉玛，不如给它归类到'迷你小屋'
的范畴吧。"

"有什么不同？"我觉得很不可思议。

"所谓的迪奥拉玛是指'情景模型'，也就是说，表现了某些场景。因此，会配置人物模型等物件使之有故事性。但是在这件作品里没有看到人物手办，只是以房子为主题。相对于舞台来说，房子所占的比例明显很大。"

"房子确实才是主角。也就是说,这个名叫S的人是专门制作'迷你小屋'的作者吗？"

"会不会是呢？现在还不是很清楚……"

"关于这辆车呢？"

"哦，是斯巴鲁360啊，这也是老车型了。套装是旧LS的Owners' Club系列。现在应该是MICRO ACE在负责购买和销售模具。规格比例是三十二分之一。但是这车既没放在道路上也没停在车库，完全靠在门前很奇怪。"

"是啊。"我也表示同意。

"与房子相比，车的比例尺更小。有种先建房子，然后再强行组合起来的感觉。"

"这样啊。我在网上用图像检索试着搜索这个房子的原型，但搜出来一大堆图片我也看不出个门道。"

"图像检索是什么？"

"就是将图像上传到网上，找出同样图像的操作。"

"啊，好像很方便啊。那个用手机也可以吗？"

"当然可以。但是需要软件，要不给您装上？是免费的。"

"啊，好啊，帮我弄弄。"

我接过他的苹果手机，选择了谷歌浏览器，然后让土生井授权确认。接下来教他图像检索的方法。土生井拍摄了我带来的立体模型，进行了检索。我顺次看到了画面上排列的图像。

"啊，是这样啊。的确是学到了有用的东西啊。"

"但是出现了这么多结果，可真是烦人。"

土生井一直在翻看画面，也没什么进展。

于是我说："中场休息一下吧。"

"已经看完了，这里面没有呢。"

"啊？那么多都看完了？真的吗？"我惊讶道，可能是他不知道操作方式，没有点下一页吧。

"您给我看一下。"

"给你。"

我再次接过手机，确实到最后一页了。我往回滑动界面，确实有大量图片已读的记录。虽然不知道是不是认真确认过了，但土生井也许是拥有可怕专注力的人。

我先把手机还给了他："我们继续分析立体模型吧。"

"好啊——地面是塑形膏，也就是一种石粉和糨糊混合的材料。先涂装，再撒上各种造型粉固定，也就是染色的锯末或者砥粉之类的，这样说能理解吗？"

"嗯，能明白。公路表面很粗糙，很有柏油路的感觉呢。"

土生井用手指摸了之后继续说道："这里用的防水纸，也就是防水的砂纸。偶尔可以使用这样的手法，虽然我不是很喜欢。"

"但是，这所房子给人一种很旧的感觉。说不好听的不就是废墟了嘛。"

"嗯。Weathering，表达污损很是有效。废墟吗……这么说来，我记得在哪里见过这种风格……"

"此前见过？"

"呃——"土生井稍微考虑了一下就放弃了，"不行，不好意思。现在想不起来了。"

"那太可惜了。但是，这个房子会不会真实存在在某个地方呢？"

"刚才的图像搜索并没有找到。"

"嗯，但那不是全部。也许只是碰巧没有拍过而已。当然也可能只是虚构的房子。"

土生井哼唧了一声，又从杂志堆成山的地方把烧酒瓶拉了出来，然后满满地倒进了自己的茶杯里。

"稍等一下好吗？我来提高马力！"

"您请！"我回答道。

土生井大口喝过烧酒，把立体模型高举到了眼前平视着，"哎呀"一声叫了出来。再次向矮脚桌方向走去，拿起一个小型螺丝刀，把它插进了屋顶底部的螺丝。房顶剥离下来，像被脱下了帽子。

我看了一眼，"啊"地叫了起来。房子内部的格局也能看得一清二楚，是两室一厅。

土生井说："果然啊，在迷你小屋的世界里，内部也被制作出来并不是什么稀奇的事情。"

房间里竟然还站着小模型，又是士兵人偶，颜色是全灰色。靠近玄关的房间里有两个人，里面的房间里有三人。我有种不太舒服的感觉。

"有小的手办呢……这不是谁被监禁了的意思吗？"

"突然这么说挺吓人的，我们再仔细看看吧。"

被这么一说，我开始注意内部。奇怪的是，里面房间的人偶肚子上用红色的油性笔写着字母 T。周围用白色塑料制的板子围着好几层四方的栅栏。

另一方面，前面房间的两个人偶背靠背地站着。各在腹部标注着 E 和 K。手上粘着小步枪，分别瞄准回廊和窗外。在周围的地板上，放置着无数指甲盖大小的手枪。以人偶为中心呈美丽的放射状。手枪一个个也是没有色彩的灰，紧紧地粘在地板上。

"这到底是……？"我拿出手机开始摄影了。

土生井也一边拍照一边说："是 TAMIYA 的 MM 系列手办，应该是从美国现役陆军套装里拿出来的。比例尺当然是三十五分之一，还没有涂饰呢。"

"为什么是士兵？而且和房子的尺寸也不配套。它有点小。"

"也许是单纯把手头有的东西拿来用？包括车在内，好像都不太注重比例的统一。"

"写着字母呢。"

"大概是在给谁看吧。"

"E 和立体模型底部的签名是同一个人吧。果然是在这个家吗？但是接下来的 K 和 T 到底是谁呢？"我装作平静的样子说，对这个模型里放着英令奈的人偶非常震惊。

"我不知道。"土生井大口喝了烧酒。

076

我说："有很多枪械呢。"虽说是士兵人偶，但代表着英令奈。有那样的东西很不可思议。

"这是小兵器套装。汤普森、M2卡宾枪、施迈瑟、MG42……这是第二次世界大战的美军、德军等三国军队兵器的混合。"

"还有火焰喷射器和火箭炮。房间里堆满了枪火[1]，这是怎么回事？"

"不，不是重兵器，是小兵器。"

"不是枪火吗？"我反问道，对话好像有点南辕北辙。

"啊，难道你是说枪和兵器统称为'枪火'？"

"有什么奇怪的吗？"

"'枪火'这个词是不存在的。"

于是土生井的讲解开始了。因为枪包含在兵器里，所以要一一排列的话自不必多说了。如果只想说枪的话，可以说是"枪械"。

原本，"枪火"这个词就是"重兵器"的讹变。重兵器是指个人难以携带的大炮之类。老实说，我希望他能早点告诉我分析的方法。

"哎呀，长见识了。那枪为什么会在房子里？"

"嗯……是作为'游戏设定'的吧。"

"游戏设定？"

"嗯。也就是'梨花酱的房间'。指可以在房屋布景中玩玩偶的玩具。"

"是这么悠闲的事吗？也可能有人被监禁了吧？"

---

1. 枪火与重兵器发音相同。

"又是监禁，从刚刚开始你就在胡说些什么？"土生井满是疑惑地说。

"啊，没有……请忘了这回事。"我急忙否认了，闭口不谈晴子她们的私生活，我不想给出预先判断。

"哦，是吗？但你好像在设想什么战斗，总之这个房间里的两个人都想用枪保护自己。"

"那么隔壁房间的人是用墙壁围起来保护自己的吗？"

"因为没有武器，所以才会变成那样吧。"

"那边明明有很多武器，这边却没有，真是不可思议。"

"嗯……设定为没有拿到武器吧。"

"那样的设定吗？他们究竟是为什么要保护自己呢？这里也看不到敌人。"

"我不知道。不管怎么说，这个家里确实是有人的。"土生井突然从模型中的那棵树上摘下了两三片叶子。

"啊！"我提高了声音，"这是别人的作品。"

"是从不起眼的地方摘下来的，没关系。"

"真的吗？"

土生井突然站了起来，脚下摇摇晃晃的。他又朝着桌子走去，回来的时候手里拿着放大镜和小塑料袋。

他说用放大镜仔细看叶子："果然啊！"

"发现什么了吗？"

"迪奥拉玛的树木制作方法有很多种，仅仅是叶子，也有各种各样的材料和做法。塑料、蚀刻部件、激光切割的纸制品、造花、干花……还可以用捡到的枯树叶。这件作品的情况就是这样。"

"可以用实物吗？"

"模型的材料没有限制。巧妙地利用落叶的叶脉的细微之处，剪成迷你尺寸，一张一张地粘在树枝上。非常真实，这样的话连材料费也不用花了。"

我很佩服，说："但这是很需要毅力的工作啊。"

"做模型一要持之以恒，二要持之以恒，没有三和四的持之以恒，就会堕入五里雾中……"土生井醉醺醺地说。

"那叶子又怎么了？"我觉得土生井是不会无故摆弄别人的作品的。

"嗯……因为大部分都是使用与作者有渊源的土地上的落叶，如果能确定这片叶子是什么树木的话，或许就可以知道地区。"

"原来如此！"我拍了一下膝盖，马上就冷静下来了。"这也是需要耐心的工作。"

"当然。这次轮到你出场了，请鉴定一下。"土生井将塑料袋里的叶子递给我，又把茶杯拿到了嘴边。

我虽然接了过来，但还是束手无策。这东西不是警察就没法鉴别。

"这个立体模型还有其他要调查的地方吗？"

"啊，好像看不出什么来了。请返还给主人吧。那个时候请试着问一下这些活动人偶的意图，大概会知道些什么吧。"

"是的，我也是这么打算的。我会把情况报告您。为了联系方便，我们交换一下 LINE 吧。"

"线条？那是什么？"果然他不知道。

"LINE 可以用语音的方式进行交流，很快捷。"

"啊，原来如此。"

"那再借我用一下手机。"我从土生井那里接过手机。

从商店下载了 LINE 的应用程序。接着和土生井加上了好友。我先写了一句问候语。

"您好，我是渡部。"

"来了来了，那我回复就可以了吗？"土生井没有自动回复而是用一下一下敲击的方式输入的。

"你好，我是土生井。"

"嗯，我也收到了。这个还可以发送图片哦。"

"真方便啊！谢谢你了，你是我的电脑老师呀，接下来请让我叫您老师吧。"

明明只是做了谁都会做的事情，却被称为"电脑老师"，对我来说，倒不如叫我"纸张老师"更为正确。

我将今天的"咨询费"一万日元递给了土生井，并领取了收据。

"前几天，我试着换算了时薪，可真是太厉害了。对了，我非常乐意提供售后服务。如果有不明白的地方，请随时在这个 LINE 上问我。"

"那可帮了我大忙了。收到酬劳后我会好好分配的。"我这样说，然后迅速包好了立体模型，离开了垃圾屋。

第二天周日，我从早上开始就躺在家里总也不叠的被褥上，惬意地吹着快要坏掉的电风扇的风，一直在思考土生井留给我的作业。

鉴定落叶的来源地，要拜托谁才好呢。我坐起身，莫名又开始玩弄起扑克牌，反复洗着牌。

过了一会儿就放弃了，像投飞镖一样开始往外投掷卡片。靶子是微微开着的拉门对面的洗衣篮。要是能扔进去就好了。虽说我的目标是门口的缝隙，但很难顺利丢进去。七成以上都撞到门上被反弹回来了。

虽然意识到自己在做一些无聊的事情，但直到手上的卡片丢完为止我都停不下来。刚要去收拾时，站起来的瞬间，我发现了蛛丝马迹。果然还是扑克牌能让我灵光闪现。

那是原公司"自然堂纸浆商会"的同事，在企划部工作的村井的事。听说村井在东京农业大学学习过树木和纸浆相关的专业。所以，公司考虑到他的专业知识，把他分配到了企划部。虽然今天是休息日，但他也是单身一个人，打电话给他的话应该能逮到人。

我按手机号码拨了过去。虽然是等了一小会儿，但对方果然还是接了电话。

"是那个超级轻浮男吗，好久不见了。身体好吗？"

"你能不能适可而止，别再这么叫我啦？"我喊了他一声。

"你小子精神头不赖嘛。"

"啊，不好意思休息日打扰了。现在方便说话吧？"

"嗯，方便。正在家无所事事。你那边行情怎么样？"

"完全不行。说实话，或许是失败了……"这是真心话。

"我就觉得是这样。原以为你在公司里一定是在虎视眈眈地往上爬，可谁知明明工作了十年以上却突然辞职了。你这也太乱来了。"

你是想复职吗？但可惜我没有任何权限。这样的事不是我……"村井不知道为什么说到这儿就没声了，"去拜托真理子吧。"

又是真理子吗？每次听到那个名字，我都会心痛。这个村井也是，动不动就说真理子来戏弄我，而且似乎话里有话。那也是没办法的事，毕竟是因为我的错。

"不是那样的。和工作完全没有关系。对了，你是东京农业大学毕业的吧。'萝卜舞[1]'的那个。"

"提萝卜舞真没必要，不过我确实是。有什么问题吗？"

"你在农大里的熟人，有没有成为植物学家的人呢？"

"当然有了，这是什么蠢问题啊。"

"那能给我介绍一位最优秀的学者吗？我想要调查一件样品。"

"这样啊。那我给你介绍一位母校副教授的好朋友。去年同学会上应该有交换名片的。"我听到了在衣橱里翻找东西的声音，"找到了，找到了。我口述给你可以吗？"

我打开了放在枕边的纸屋手账，把村井说的地址和电话号码记了下来。

"不好意思，能事先向对方传达一下概要吗？因为没有时间去，所以我只能直接把样品寄过去。"

"什么啊，还是老样子，待人粗暴啊。"

"不好意思。作为答谢，你结婚典礼上我给你表演扑克魔术。"

"暂时不必。对象都没有。"

---

1. 日本东京农业大学啦啦队知名舞蹈。

"那就用扑克牌来占卜你的结婚运吧。"

"行行行。"

"别小看我，我的占卜相当准。"

"那回头再说吧。"

我再一次道谢，然后挂断了电话。

站起来从旧灯桌上拿出了空白的信封和信纸。文字内容非常简单，写下了自己的联系方式。接着在信封的正面写上了收件人的姓名，是从村井那里听说的副教授的姓名，用记号画上了红线，是快递的标志。把放有立体模型叶子的塑料袋夹在泡沫里，放入信封，装好后再想了想，为了慎重起见，把一张名片放了进去。

用手机查了快递费，跑到附近便利店买了邮票当场贴上，投进了邮箱。

为了能顺利找出谜底，我向红色的邮箱合掌祈祷。在塑料棚下，父母带着正在舔冰棍的孩子不可思议地抬头看我。

在 LINE 上向晴子传达了从土生井那里得知的线索，并说可以归还立体模型了。我没告诉她把房顶拆掉的事。十五分钟后，晴子回复说下周一六点半会去我的事务所。

# 河津樱

　　星期一，暑气尚未消退。下午六点三十二分，晴子来了，穿着深蓝色格子的连衣裙，时间刚好。

　　我们坐在接待处。我已经在桌上摆好立体模型了，屋顶的螺丝被提前取下来了。

　　"我们迅速进入正题，有件东西想请您看看。"我这样说着，掀开了立体模型的屋顶。

　　"啊！"晴子小声地叫了一声，两手捂着嘴。

　　"里面有秘密装置，像这样建有内部构造。虽说是很简单。"

　　"……完全没想到。"

　　"在迷你小屋的世界里好像并不稀奇。看到这个您有什么想法吗？手办，也就是士兵人偶上写着大写字母，E 是指您的妹妹英令奈吧？"

　　"嗯，大概是的。"

　　"也就是说，非要说待在这个家里的话，就不能认为是被监禁了吧。其他两个人呢，有没有想到 K 和 T 呢？"

"这好像是英令奈写的。大写的 T 写得像加号，这是她的习惯。"

"我想大概 K 是指妈妈，T 是爸爸，也就是我的继父。"

我哑然。除了晴子以外的全家人都在这里了吗？一副家人被监禁了的样子。

但是她母亲应该已经去世了，继父也离婚了。实际上是不可能的状况。英令奈和母亲手里拿着枪，继父被木板困住了。这里面有什么说法吗？

我询问她："你知道人偶被这样布置的理由吗？"

"我想……我可能知道。"晴子干脆地答道。

"如果不妨碍的话，可以告诉我吗？"我站起身，从咖啡机倒了两人份的咖啡端了过来。

"全部……都告诉你。"晴子带着沉思的表情说，"这个也是说来话长。"

"您请说。和上次一样，接下来的时间我都空闲着。"

"这个家的房间布局和开始居住的熊本住宅区的房间布局完全一样。那是继父来了之后，在我十六岁的时候……"晴子用右手捂着嘴露出痛苦的表情，"……他开始对我的性虐待。母亲因为害怕继父的家暴没有保护我……继父是个毫无人性的人，自以为是、耍威风、暴力、好色……"

"真的是……"我想不出要接什么话。

"我高中毕业后来到这里是为了逃避继父。那时真的觉得终于得救了。步入社会后，和老家越来越疏远。"晴子伸手去拿咖啡，结果还是没喝就把杯子放在了那里。"但是三年前，妹妹给我发了求救的邮件。可怕的是，继父……甚至对十六岁的亲生女儿也出手了。……那个男人是真正的恶魔！所以我偷偷地帮助妹妹离家出走，我们开始了同居生活。当然，我原本就没有告诉过老家人我的住址。"

后续的事情竟然如此超出想象，一阵愤怒又悲悯的情绪袭来："这是多么不可饶恕的恶行啊！"

"我听妹妹说母亲得了癌症。虽然我很担心，但相比之下我们要更拼命地保护自己。通过可靠的亲戚关系得知了母亲和继父离婚的消息，还得到帮助，顺利让母亲住院了。母亲去世是在那之后不久，母亲在最后向我们道歉说：'一直以来，都对不起你们了。'但是我们最终还是没能对母亲说出原谅的话。"

晴子说完，脸色变得非常苍白，不只是空调太冷的缘故吧。她终于把凉透了的咖啡送进嘴里。

"是这样啊，那可真是糟透了。"

"好在，我觉得已经告一段落了。"

"之所以妹妹的精神状态不稳定，也是因为有这样的理由吧。"

"嗯，我想通过心理治疗，已经有了很大的改善。"

"听了您的话，我总觉得我已经明白了这个迷你小屋里的情况。"

"继父在家里一直闹腾，所以为了封住他的行动才用墙把他围住了。母亲和妹妹为了保护自己不受继父的伤害，准备了很多武器。"

"确实是这样。"

"还有就是这个停在玄关的车，可能是若有什么事情发生就可以马上逃走的意思吧。"

"我也觉得车有些不自然，听你这么一说，看起来是这样的。"

"也就是说，这件作品将妹妹的愿望具象化了。尽管实际上母亲并没有战斗，但是在这里像是为自己战斗了的。"

"我已经非常了解你家里的状况了，深表同情。"我知道了这对悲惨姐妹的真实故事，想再次为她们做点事情。

"谢谢您。"

"不过，虽然我也不想这样猜测，但有没有这种可能？妹妹的失踪是你继父干的好事？"

"我一开始也是这么想的，但好像不是这样的。妹妹失踪的一个月后，继父为了寻找妹妹，来到了足立区我的公寓。在邮箱里写着'把英令奈还给我'！"

我皱起了眉头。"住址还是被找到了吗？真让人讨厌。还是特意从九州来的。"

"嗯，所以我马上收拾好行李搬到了现在的所泽。"

"现在的地方没问题吧？"

"是的，因为搬家非常慎重，所以现在……"

足立区的公寓已经被找到了，感觉不管搬到哪里被继父再次找到都只是时间问题，但我没说："那太好了。"

"因为不知道妹妹什么时候会回来，所以原公寓的合同还在继续。"

"虽然也不是不行，但是多费钱啊……"

"没办法。"

我把话又说回来了："这个立体模型是Ｓ送给妹妹的东西。Ｓ制作了内部，至少是参与了，所以他既知道妹妹的家庭情况，又同情她对吗？如果他们在一起的话，那不是很安全吗？"

"也许是的。"

"这样的话，应该不会马上发生严重的事情了吧？"

"能这样就好了，但还是很担心。"

那是当然的。我这种外行人的想法，强加给别人是不好的。

"是啊。还是要根据住宅模型这个切入点继续毫不松懈地调查才行。"

"那麻烦您了。"晴子深深地低下了头。

"刚才说的很多话都有参考价值。立体模型的解析也已经完成了，可以还给您了。马上给您包起来，请稍等。"

"那个……我有点害怕把它带回去。可以先放您这里暂时保管吗？"

我一边打包一边说："如果曲野小姐您觉得没关系的话，我都可以的。我这里也有地方存放。"

"不好意思。"

"别客气，我送您到公交车站。"

出了事务所，感觉外面的暑热收敛了不少。晴子和第一次来的时候一样只拿了一个包，但表情变得更轻松了。

让亲人下落不明而坐立不安的美女无助地等待，我心里很难受，但之后就只能等老同事村井介绍的农业大学副教授的分析结果了。

说回上周做的主要工作，大致是这样的。我为时代小说文库安排的印刷纸，在造纸时混入了不良纸粉，我为了检查那些纸而去了印厂。印厂和造纸厂的相关人员自不必说，就连临时工阿姨、出版社的生产管理员都被叫出来，一起翻阅文库本，要把有明显污痕超过 20% 的书都挑出来，这个工作持续了三天。极大地消耗着体力和神经，虽然无能为力，但也要负责，这就是商人的难处。

周末，八月十二日的星期五。虽然人们已经进入了盂兰盆节假期，但是像我这样的个体纸商还是没有休息，这种时候有临时工作的概率很高。

比如说，由于书籍的意外重版或因事故而发生重印，无法通过常规途径筹措印刷用纸的情况下，我会迅速抓住机会，安排库存，把零头先预存起来。一般情况下是三千册、五千册的用纸库存，即使是小纸店也能充分应对。

上班不久后，等待已久的农业大学副教授终于回消息了。

据他说，之前所提到的叶子是樱花的叶子。这一瞬，光是东京都内种植的无数种樱花，就让我有种头晕恍惚的感觉。再细看，信息上写的是稀有种类"河津樱"。

与花无缘的我在电视上也曾看到过，河津樱是静冈河津町早开的红色樱花，之后好像也被移植到东京了。据副教授说，种植地点并不多，应该能设法找到。

我尽可能恭敬地说了感谢。文末还补充说，要去十一月的农大"收获祭"买萝卜。

坐在电脑前，检索东京都内与河津樱有关的名胜，将赏花的报道耐心地一一梳理出来。

木场公园的大横川河畔、龟户的旧中川河畔、代代木公园、品川区的林试森林公园、南千住的汐入公园、本乡的清和公园、世田谷的樱神宫、田町的东工大附属高中、AQUA CITY 台场都有栽种，还有台场海滨公园的四棵、新宿御苑的三棵、天空树附近东武桥的两棵以及锦系公园、代官山的西乡山公园、目黑的菅刈公园、赤坂的 TBS 附近、芝公园、小石川的播磨坂上各种了一棵河津樱。如果去近郊的话，可以去井之头恩赐公园、立川的昭和纪念公园。

虽说不多，但也绝对不少。尽管如此，单看搜索到的画面，也只能是非盛夏时节不能有的赏花机会。我看得很尽兴。一不留神上午的时间就全部用光了，完全没有临时工作的打扰。这算是好事情吗？

在便利店吃完简餐的我，开始了下午的工作。打开谷歌地图，一个接一个地输入名称，利用谷歌街景查看了现场。当然有很多不是开花时期的图像，也有难以确定的地方，花了近一个小时浏览了一遍，并没有什么特别值得注意的地方。我在街上随便看了看各个景点的周围，但也不可能轻易找到那栋房子。我又走投无路了。

突然脑海里浮现出土生井的脸。不可思议的是迄今为止我竟然把他给忘了。正因为如此，我还能集中精力工作，我也很佩服我自己，接下来还是拜托土生井吧。就是那所谓的售后服务。他不是会灵感乍现吗？这么说来，我忘了把晴子的话汇报给他了。

打开LINE，匿名向土生井传达了安置在立体模型内部的士兵人偶的意思。另外，还报告了那片叶子来自河津樱，列举了东京都内种有河津樱的景点。最后以"这里该如何推断？"结束。

不久"已读"的标志出现了，大约五分钟后收到了回信，省略了平时的客套话。

"电脑老师辛苦了。

"在公园和寺庙里还有其他更容易使用的树木，特地选取河津樱让人很难理解。

"填海造陆地区原本就没有古老的房屋。

"高中用地只有学生或相关人员可以进入。"

我觉得这一些分析都很准确。正要给他回信的时候，短信又来了。

"因此，最好优先寻找沿河的林荫和市区周围几乎没有树木的地方。"

等了半天也没后续。我回复了。

"我明白了。"

"但是你打算都去看看吗？好辛苦啊。"

"不，我没打算都去。在谷歌街景可以看到。"

"那是什么？"

土生井好像也没有用过谷歌街景。我教了他使用方法。

"你知道谷歌地图吧？"

"是的，偶尔看一下。"

"在地图上触摸想看的地方会出现小窗口。再触摸一下那个的话，就可以全方位地看到那个地方的风景了。"

"啊，我试试看。"

过了一会儿工夫。

"好厉害！感觉真的去了那个地方呢！谢谢您告诉我方便的东西！"

土生井似乎非常高兴。互相寒暄了一下，我关掉了LINE。

按照他的建议我开始对地点进行取舍选择。于是，剩下了旧中川河畔、大横川河畔、天空树附近、播磨坂、TBS附近这五个地方。可以说搜索范围一下子缩小了。

我再次一边看街景，一边模仿土生井，绞尽脑汁思考着。

播磨坂的樱花树本身规模很大，所以捡一棵河津樱落叶的概率很低。TBS也同样。另一方面，在天空树附近寻找落叶，即使不特意去只有两棵的河津樱，也应该会先看到其他的行道树。这样的话，旧中川沿岸和大横川沿岸这两个地点的可能性最大。

比较一下这两个地方，比起大横川沿岸的豪华樱花树，旧中川河畔的堤岸上整齐、严密地排列在一起的樱花更有可能性。没有其他显眼的树木。这是我的直觉。把地图换成卫星照片，一边看一边想象路线。

旧中川位于江东区的东端，是从荒川流入的蜿蜒的河流。荒川如果说像是大蛇的话，这里看起来就像是长长的蚯蚓。

假设那个白色的房子和采用河津樱的叶子都是英令奈的要求，姐妹住的足立区方向，即北方的藏前桥大道下到河床，就是东之河畔，江户川区一侧。就这样穿过南下，围绕着总武线的铁桥，河津樱花街道上排列的树就显现出来。仅仅几十米，正好是盛开时节拍下的照片。是相当令人怜爱的场景呢。看着左手边的小学和神社沿着河岸继续前进。

过了水泥厂附近出现了通往住宅街的路。过了那里走到街上，正面有些形状符合印象的房屋，我立即切换成街景模式。

找到了！

毫无疑问是那个立体模型的白色房子。终于找到了。

我一边抑制着兴奋，一边旋转图像来确认周围的情况。崭新的住宅和公寓鳞次栉比。这一带好像在进行再开发，这所房子显得特别古老。地址是在江户川区的平井。

这就是立体模型作者Ｓ的家吗？或者说住着与此事有些机缘的人？也有可能是Ｓ或者英令奈只是在上下班、上下学的途中，单纯经过而已。但不管怎样，对他们来说，这无疑是熟悉的房子吧。

总之想去现场亲眼确认一下。明天是星期六，终于到了盂兰盆节假期，可以大摇大摆地休息，用整整一天做调查。

我用ＬＩＮＥ向土生井报告，在江户川区确定了那所房子，并将于明日进行实地调查。

盂兰盆节休假前的联络和资料整理结束，快到下班时间土生井回信了。

"不知道会有什么。老师，请注意安全。"

我道谢后开始收拾事务所，准备关门。

# 消失的白色房子

　　晴子姐妹以前的公寓在足立区西新井。假设英令奈从那儿开始往旧中川河津樱的某个地方去的话，换乘两条东武线在龟户水神站下车就可以了。我决定乘坐总武线去龟户。

　　出了龟户站，往北走了一会儿就进入了藏前桥大道。是一条有中央隔离带的大街。龟户给人下町[1]的印象很强烈，但是因为进行了再开发，新建筑物是很显眼的。

　　混凝土建筑立面四周毫不留情地反射着盛夏午后的阳光。我披着满是皱纹的麻夹克，头戴着头巾，遮挡着阳光向东走去。炙热的空气让我觉得快要窒息了。过了二十分钟左右，就看到了桥的绿色拱门。我一边过桥一边眺望河流的上游，在火焰中像玉米芯一样的天空树耸立着。

　　过了桥，人行道有一处出口是楼梯。从那里下到堤坝，好不容易才看到一点泥土和绿意，我松了一口气。

---

1. 市区中的低洼地段，商业手工业者居住区，平民住宅区。

沿着缓缓的河流往右看，然后往南走。汽车的噪声完全消失了。水面波光粼粼。风掠过河面吹来了一丝凉气。可能是心理作用，我觉得行人也增加了。避开快要化了的柏油马路，选择走这条路也是人之常情吧。

穿过总武线的铁桥，有几棵小小的树稀疏地长成一排。那就是河津樱的行道树。因为没到季节，所以不像网络上的图那么色彩鲜艳。一看脚下，古老的樱花树叶纷纷飘落。我停下来捡了一片。我凝视着这些树，心里说原来这就是我所寻找的东西啊。从堤坝走下河岸的散步小道，在这样的都市也能听到夏蝉的声音，我继续向前走。

途中看到高达数米的气派招牌立在那里，上面写着"欢迎来到江户川区"。这里似乎是城区的边界。沿河的小学里可以听到孩子们稚嫩的声音，暑假校园好像也开放了。

但是，再往前就禁止通行了。好像在做护岸施工。沿河的白色混凝土块剥落了。附近也停着很多施工车辆。前面站着一个警卫员，我被其引导到堤坝上绕行。

我爬上楼梯，再次来到堤坝上，发现后面也都是禁止通行，只能穿过左手边建筑物之间的小巷子。

由于我之前是按照从堤坝看到的路线摸索着走，所以对这个情况有点不知所措。这是一条与河平行的硬化道路。要前进也只有这条路。我一边参考着手机上的谷歌地图和全景地图，一边往前走，但是相似的住宅拥挤混乱。我能分辨出相似的纸，但分辨建筑物是真的不擅长。

预感目标房屋差不多该出现了，于是我每次看到右转的胡同都会往里看，却完全找不到。我以为看漏了或是走过头了，就往回走，但很快就到了刚才的护岸工程现场。

有次发现了一条可能性很大的小路。我好像看到了和谷歌街景里的篱笆很相似的东西。于是我再一次返回那里。

确实，篱笆是一样的。但是没有房子。

一进小路就应该能发现的那栋白色的房子没有了。本应该有房子的地方是崭新的停车场。三辆看起来像是公司用车的蓝色轻型轿车并排停着。

糟了！谷歌地图的信息太旧了。不，是最近才拆掉的吗？我在报纸上看到过，行政代理执行会逐步把无主的空房拆掉。就是这个原因吧。这样就什么线索也得不到了，完全是徒劳。

我拿出手机，打算把这个遗憾的结果尽快告诉土生井，让他考虑下一步。

等等，这是我自己好不容易找到的地方，就这么打退堂鼓会被土生井笑话的，好歹也算是"土生井的电脑老师"。

我决定再往前走一点，找个商店问问别人。我在那一带转了一圈。灼热的太阳从正上方照耀着，热得难受，十分口渴。

明明是这么窄的路，后面居然有公交车开进来，我赶紧躲开。结果旁边正好是车站，公交车停下了。

从车上下来一个身材矮小的老婆婆，穿着像是把麻袋直接套在头上的衣服。本以为马上就要走掉，没想到她坐在了车站的长凳上。我想那座位肯定相当烫，可她本人一副很凉爽的样子。从手提包里拿出白色的遮阳伞打开，费力地试图打开塑料瓶的瓶盖。

我走近，把手伸向了遮阳伞："我来帮您拿吧。"

"哎呀，谢谢你的好意。"老婆婆毫无防备地把遮阳伞交给了我。我坐到旁边，撑起遮阳伞，果然座位很烫。

老婆婆打开盖子，先向我谦让："要喝一口吗？"

"不用了，谢谢。"

"哦，那好吧。"老婆婆开始喝了。

我想问问白色的房子。"您住在附近吗？"

"是的，离这里两三分钟的路程。"

我心里暗暗想真是太好了，我继续问道："前面有一座古老的白色墙壁的房子。现在好像没有了。"

"是的，是的。我很清楚。是加藤先生吧？"

"是加藤先生吗？是什么样的一家呢？"

"虽然是普通公务员的家，但是被叫作鬼屋哦。"

"啊？"我惊讶地叫了起来，"您是说？"

"不，他们曾经有一个女儿，因为溺水去世了。看，就是那条河。从那以后，就有传言说那个女儿的鬼魂出现过。但我从来没遇见过。"

"原来是这样啊。"

"虽然夫妻俩一直住在一起，但是因为生病先后去世了，那里很长一段时间都是空房子。幽灵的传闻好像也一直持续着，如果拆掉了这么重要的房子，幽灵就没办法出来了。"

"原来如此，是这样啊！"

谈话的结果，虽然知道了白色房子的由来，但也没有因此而取得什么进展。即使幽灵都登场了，其恐怖仍不足以缓解酷暑。我也没能发现与这件事相关的人和加藤这个姓氏有什么关联。

老婆婆又喝了一口绿茶后站了起来，说："再见咯。"

她收起遮阳伞，就沿着我来的方向摇摇晃晃地走了过去。我继续向着与她相反的方向走去。

结果竟然走到了大街上。看路标好像是京叶路，真不愧是大十字路口周围，虽说不太熟悉，但有商业大厦、个人商店、家庭餐厅等。和那家所在的地方有很远的距离。以前住在这里的人会知道相关情况吗？

我呆呆地在人行横道前等着，旁边站着一位穿着越南旗袍一样的白衣服的矮个子中年女性。手里提着一个大行李。一个很眼熟的白色塑料袋，用绿色字体写着"东急 Hands"。从袋里露出了木框一样的东西。我最近也见过这个。

对了，和晴子带到我事务所的立体模型的台子很像。而且妹妹英令奈说她好像在参加模型制作讲座。我的直觉告诉我，这个女性也会去那种地方。我仿佛看到了一点线索。

人行道绿灯亮了，女人穿过大街，我也抬脚跟上。女人好像朝着十字路口拐角处的现代商业大楼走去。

大楼上挂着各种杂乱无章的招牌，有咖啡店、小酒馆、学习私塾、公司的办公室等。女人迈上大楼门前宽宽的台阶，走了进去。我隔了一会儿也跟了进去。穿过自动门，连我自己都觉得我好像真的是侦探一样。

大楼里冷气很足，我感觉又活过来了。一直往里走，走廊尽头有电梯。有个女人已经进了电梯，我慌忙跑过去，她按着开门按钮在等我。

"不好意思。"

"您去几楼？"女人问道。

我看到三楼的按钮被按过了，就说："三楼就可以。"

门开了，我礼让她先走出电梯，于是看清了她去的地方。

这一层走廊上挨个都是办公室，好像是租借会议室的楼层。她朝着右边的入口走去。只有一扇门开着，她走进去的刹那像是被吸进去了一般。我也走过去，入口处放着贴着海报的告示牌：

"迷你小屋制作 讲师叶田一洋 下午三点—六点半"。

看吧！这里好像有一个教立体模型的迷你小屋的教室。

我从门口偷偷地看了看。几个细长的会议桌并排放着，前面聚集了十几个人，男女老少都有。桌子上堆满了各种材料。有个高个子老人头上绑着红色头巾，穿着黑色的围裙，站在教室的前方，向大家打招呼。他大概就是讲师叶田吧。

沿着河津樱和那栋房子一直走，就有这个教室。也就是说，这个教室定期举办的活动，很有可能立体模型的作者S和英令奈也在其中，或是曾经参加过。如果今天S也来了的话，就能尽快追问出英令奈的住址……

这时，口袋里的手机响了。拿出来一看，LINE收到一则消息，是土生井发来的。

"老师辛苦了。

"有什么进展吗？"

我深呼吸了一下，走到了墙边的长椅。

在 LINE 的聊天界面，我写下了那座白房子已经消失的信息，附近的迷你小屋制作教室有 S 出现的可能性，以及讲师的名字。

马上收到了回信。

"叶田一洋作为迷你小屋的作者是很有名的。

"擅长将房子营造成一种废墟的氛围。

"看了那房子的作品后觉得似曾相识，是叶田先生的风格。

"所以 S 是那间教室里的学生的可能性很高呢。"

"果然，那么我现在走进去。"

"等一下。"

土生井立刻回信了。我老老实实等着，信息继续发过来。

"谁也无法确定 S，就算确定了，如果是有恶意的人，即使追问，也不可能如实回答。"

"要是让他跑掉了，E 可能会很危险。"

土生井还记得我说漏嘴的监禁的事情。有无监禁姑且不论，缺乏谨慎是事实。我又犯了一个粗心的毛病。不，我想应该是被酷热晒晕了吧。

我立马回复土生井："那怎么办？"

"这种课堂是会费制，应该事先报名。中途不允许临时参加。结束时间是……？"

"六点半。"

"那么，请等到那个时间，抓住叶田先生进行各种各样的询问。S 的情况请暂且别提。"

"我明白了。"

"那么回头见。"

我退出了 LINE。

还要等两个多小时。想起大楼里有咖啡店，就乘电梯下到一楼进了店，占到了窗边的座位。脱下外套，把凉毛巾搭在脖子上。我一口气喝光冰水，歇口气点了杯热咖啡。

终于放松了，突然想到要向晴子报告迄今为止的收获。毕竟她是委托人，于是打开了 LINE。

从立体模型的树叶中确定河津樱，沿着江东区和江户川区交界处的河堤好不容易走到了樱花树的尽头，在那里发现了那个房子的痕迹。然而从实际来看，那里并没有房子，旧址变成了停车场。过程稍微有点曲折，但现在我在可以找到线索的迷你小屋制作教室的大楼里。

我还上传了谷歌街景地图里房子还没拆时的截屏照。

马上就变成"已读"状态，显示"正在输入中"。

"这么热的天气，辛苦了！"

这一句话使我感觉下午的辛苦消散了。

"谢谢。"

"真厉害啊！连警察都不知道。"

"警察应该没有从叶子这个线索搜索过吧。"

"我希望那个教室有什么线索。"

"我也是。"

强力的冷气使身体迅速感到冷意，我重新穿上了麻夹克。从口袋里拿出扑克牌，打发剩下的时间。

# 叶田

六点二十分，太阳也差不多落山了。窗外的夏云被染红了，大楼沉浸在黄昏里。

我起身结账后回到教室。

门还关着，里面的说话声传了出来，但是闷闷的，听不清。我坐在刚才的长椅上，等待下课。

六点半的时候，门砰的一声开了，人们都出来了。大家亲切地交谈着。我装作若无其事的样子观察了学生们的脸。包括刚才那位越式旗袍女人在内，五个中年妇女，三个老年男人和三个年轻男人。到底其中有S吗？

我踮起脚向室内窥视，只剩下叶田了，大概是在收拾东西吧。

我走近门前，敲门叫了一声："请问是叶田老师吗？"

"什么事啊？"叶田背对我利落地回答。

"其实我有一件想让您鉴定的作品。请问您有时间吗？"

叶田扭过头："哦，是这样，有点时间。但是，这个教室必须要在十分钟内关门。下面有家咖啡馆，能在那里等我吗？"

虽然要回到刚才那家店，但也是没有办法的事。

"嗯，好的，我知道了。不好意思，我叫渡部。"

"渡部先生啊。好的好的。"

我回到店里，店员一副惊讶的表情。倒也不奇怪。大约十分钟前离开的男人又回来了。在相同的靠窗座位等了五分钟后，身穿绿色夏威夷衫和蓝色牛仔裤的叶田出现在门口。我挥手示意。

叶田走过来，蜷缩起长长的身体坐到狭窄的座位上，四方脸，只有眼睛像少年一样，年龄应该接近七十岁了吧。

我等着点好的饮料，递上了名片。

"啊，是纸张鉴定师吗？"

"是的，本职工作是这样的。例如……"我指着桌子角落的茶色纸巾，"这个是东洋纸业的'SC-16'。茶色是因为它是没晒过的纸浆。"

"米咋拉希[1]？"

"没有晒过，也就是说，没有漂白。"

"原来如此，太厉害了。"叶田一边感叹一边递来了自己的名片。

收到后仔细一看，发现是厚口描图纸上用粗芯铅笔手写的，相当潇洒。头衔是"立体画师"。

冰咖啡来了，叶田还在仔细地端详着自己的杯垫。

"恕我直言，"我操作着手机，放在了桌子上，"关于这件作品，您了解吗？"

---

1. 是ミザラシ的日文发音。

"哎，您说的作品是指这张照片吗？"叶田发出了反常的怪叫声，戴着老花眼镜看了看S的立体模型，"嗯，这个不是我的作品。原来你不是来报名参加培训班的啊？"

"不好意思，好像是骗了您。其实是受人之托正在调查一件事，但绝没有什么可疑的目的。"

"那倒没什么。你看起来也不像是个奇怪的人。"叶田这样说着注视着模型，"我知道这件作品，这是蒲泽的作品。但是这里有这样的车吗？"

"是叫蒲泽的人做的吗？"终于知道了S的姓氏，我有点兴奋，"是哪几个字呢？"

"蒲田的蒲再加上个泽。后面的名字是新鲜的新，后面跟个次，叫新次。"

新次吗？首字母是S。没错！我在纸屋笔记本上记了下来。

"其实我在找这个作者。我想他是不是在上您的课呢，所以今天刚去找过他。"

"是吗？……但是最近他不来了啊。"

"啊，这样啊。"我精神紧张起来。

"嗯，这两个月左右吧。不过，像他这样的人有很多，突然就不来了，之后也再没来过的学生。特别是年轻女性，比较容易厌倦。但是他有技术，也很热心，所以一直以来我都很关注他。虽然我的培训教室在东京都内有很多处，但是他曾在各种各样的场合都出现了。"

"简直就像是在追着您。"

"与其这么说，不如说是在接近他父亲吧。听说他父亲几年前去世了。"

这里也有失去父亲的人。

我进一步发问："他来叶田老师的教室很久了吗？"

"大概三年吧。蒲泽君好像有很多喜欢城堡的朋友，好像很喜欢为朋友做城堡的模型。他坚持用树木自制，于是就在我这里开始学习了。我推荐使用丝柏材料。虽然他在课上也制作了主题作品，但是在家里好像也在孜孜不倦地制作城堡的木制模型呢。"

"那么，这个白色的房子就是课题作品吗？"

"是啊，这是在这里做的。"

"您知道这附近有一户人家是这个作品的原型吗？"

"啊，好像是的。"叶田淡然地说，"因为我跟学生说要去寻找自己喜欢的主题。所以实际存在的建筑物有很多。"

"据说是鬼屋。"

"啊，那我就不清楚了。但是，他的品位好像是会喜欢那样的。"

"他是个什么样的人？多大年龄？"

"年龄应该是三十出头吧。是个大帅哥。人很亲切，还替我当助教，所以他很受欢迎呢。"

"很受欢迎"这句话稍微触动了我的心，但我还是继续提问："他在教室里还发生过什么事您有特别注意吗？"

"这样啊，对了。"

我往前探了探身："是什么事？"

"没什么，感觉他好像突然忘记了工作的方法。然后，就什么都做不了，那天他很快就回去了。他本人也说过'解离性健忘症'之类的话呢。"

"解离性健忘症？"

"嗯。并不是严重地忘记事情或者记不住东西，而是忘记了一部分他已经习惯了的动作。"

"去过医院吗？"

"应该是去过吧。下一次来教室的时候就完全治好了，只是普普通通地工作着。但是也常有复发的时候。"

"真是一种不可思议的病啊。"我把它记在笔记本上，然后换了一个问题，"对了，您学生中有没有一个叫曲野英令奈的年轻女性？这个问题也不是怀着奇怪目的在问。其实，委托我的正是她的姐姐。"

"是吗？嗯，那个孩子也在，虽然不久前她也放弃了。"

"在这边的教室吗？"

"嗯，是这里。"

果然英令奈也来到了这里。

"您知道她是因为什么而来这里的吗？"

"对了，我想起来了。有一个心理治疗协会，那里有一种叫作'箱庭疗法'的治疗手段。你知道箱庭疗法吗？"

我立刻回答说："是在箱子里铺沙子的那个吗？"

"嗯，是的。"

听到箱庭疗法，我觉得线索更清晰了，我像是催促似的开始催他。

"英令奈去过那里吗？"

"是啊。我负责制作箱庭的框架，准备将会用到的玩具和材料，有时也会教别人如何精心制作的方法。她去那里治疗了。我说我在制作迷你小屋，她说她也想制作真正的作品，所以我邀请她来这个教室。但是最终她还是没能完成作品呢。"

心理治疗会——的确晴子也说过英令奈在接受心理治疗。原来是这样的啊。同时她也造访过这个手工教室。也就是说，立体模型房子中的士兵人偶可以看作"箱庭疗法"。

即便如此，英令奈和蒲泽到底是什么关系呢？

"曲野小姐有和蒲泽交往的感觉吗？"

"嗯……谁知道呢。因为她和谁都很亲近啊！"

"其实刚才照片里的作品，好像是他送给曲野小姐的礼物。"

"哦？是那样的吗？"

"请看这个。"我给他看了内部的照片。

叶田再次戴着老花眼镜看了看我的手机，露出了些许惊讶的表情。"嗯……我以为内部还没有做，没想到已经做成这样了。但是这个屋子与士兵人偶并不配套。颜色也没涂。"

"不能看成刚才所说的箱庭疗法吗？"

叶田点点头："这么一说也是。"

"好像是曲野家里人的样子，这个您知道吗？"

"不清楚，在心理治疗会上，身为医疗外行的我和治疗本身没有关系，所以对每个人的情况不太清楚，在教室里也没怎么和她说过话。"

"原来是这样，那可以认为曲野即使是在制作这件立体模型作品过程中也还在接受治疗吗？"

"也许吧。连家里的装修都做出来的人算上我在内有很多。她说不定是很好地利用了蒲泽君的作品吧。"

"也许是曲野向那个叫蒲泽的人提出了要求。"

"原来如此……"叶田恍然大悟，喝着冰激凌咖啡。

我望着窗外，太阳几乎完全落下，京叶路的灯亮着，行车拥挤。

"我在找那个叫蒲泽的人，老师没有和他联系过吗？"

"当然，失去像他这样优秀的人才很可惜，所以我发了邮件，但是没有得到回信。"叶田忽然皱起眉头，"但，这有点奇怪啊……"

我做好了准备："很奇怪吗？"

叶田点点头探出了身子："蒲泽君不来上课之后，曾把作品直接送到过我的工作室。"

"是希望您点评吗？"

"我一开始也以为是这样，但是在发票的品名上写着'展示会用作品'。但是现在并没有学生参加的展示会预定。"

"那太不可思议了。没有信之类的放进去吗？"

"完全没有附带。我先用邮件问了一下原因，说了一些我的感想，就像刚才说的那样，石沉大海。不光是邮件，实际上也寄了明信片，但是查无此人，原封不动地退回来了。"

"您是寄送到发票地址吗？"

"嗯。当然为了慎重起见，我还确认了学生名册，结果是一样的。"

"原来是伪装的。"

"是这样吗？"

我也束手无策了。蒲泽有故意抹掉个人信息的嫌疑，明显可疑。剩下的线索说起来，也就是说，只有两件作品。

我继续问："顺便问一下，那件作品是什么样的？"

"是一件非常好的作品。河边的废屋，河水也用透明的树脂再现了。"

"那个，可以看一下吗？"

"啊，来我们工作室的话就……"

我插嘴问道："最快什么时候能去拜访？"

"这个嘛……明天是星期天，上午有空。"

我当机立断："那我十点去拜访您。"

之后，我被叶田接连不断地问到关于洋纸的问题，我全都很认真地回答了。叶田像是要说些什么作为回礼似的，认真地强调迷你小屋的魅力，热心地劝诱着。

一个小时后我和叶田分开了，我在LINE上向土生井报告了这一段对话。S指的是蒲泽新次，有解离性健忘症。据说是为了城堡迷的朋友而开始去培训教室的。E也在同一个教室上课。蒲泽长期缺课，只是寄来作品。明天我会去看那个模型。

土生井说想把作品借过来，我明白了。

# 第二件作品

星期天，蔚蓝的天空，白色的积雨云，简直就像是洋纸样品本上不真实的风景照片一样对比分明。

我按照名片上的地址去了叶田的工作室。在盂兰盆节休假的正中间，乘坐了由与平时不同风格的乘客们混杂拥挤的 JR 山手线，在田端站下车。虽然是个没有什么特点的朴素平民区，但这地方是与我喜欢的作家芥川龙之介有关的地方，所以我很感兴趣。第一次到这里，如果时间充裕的话，我想去看看他的旧居。

在车站大楼的西点店买了一盒一千日元的饼干，装好了收据。

出了北口一直朝西北走了五分钟左右，就轻松到达了目的地。面朝大街，既古老又小巧的都市风住宅就是叶田的家。

雕塑工作室在距离庭院不太远的工厂预制区，即使不通过主屋的门，也可以直接从胡同走进去。我在约定的十点过了两分钟的时候，按了门口的门铃。

门开了，叶田那裹着头巾的脑袋嗖地钻出来："欢迎。"

"都是些不值钱的东西，请别见笑。"被邀请进屋的我递上了特产。

"您太客气了。真是太好了。我对甜食很着迷。"

我环视了工作室，和土生井的工作室有着不同的气氛。大大小小各种各样的机床被整齐地放置着，天花板上垂下了好几条电线，电动工具在前端连接着。房间的中央是大的工作台，上面装着画框一样的东西，只不过中间装的不是画，而是欧洲餐馆实景的迷你模型。这就是为什么叫"立体画师"吧。后面的架子上密密麻麻地排列着细细的画材。

叶田把自己的画框作品靠在旁边，放了个纸箱。取下上面的箱子，横向滑动取出作品。收纳方法也和那个白色房子的立体模型一样。

"请看，就是这个。"

"我看看。"

这次出现了一些小房子。整体看起来像是树皮做成的山中小屋。屋顶不是左右对称的，一侧的斜面长长地延伸出石砌的方烟囱。所有的窗类都是板门，有格子。和那个白色的房子一样，全部都是破旧的。厚约十厘米的底座上贴着金色的板子，上面用黑色的字迹写着"612"。光秃秃的地面上没有树，只有少许干草。

"失礼一下。"

转看背面，台座像斜面一样切开，下方是水面。

水面用稍微混浊的透明材料制成，非常真实。家的边缘像露台一样，贴在了斜坡上。

"好像全部都是使用真的板材呢。"

"嗯，因为推荐使用丝柏材料嘛。"

"真是有趣的构造啊。"

"是啊。"

"好像是山间小屋，这也是以实际存在的家为主题吧。"

"总觉得有点眼熟，大概就是这样吧。像是去过这个地方……"叶田做手刀姿势，手掌贴在下巴下面，"有点想不起来了。"

"那太遗憾了。这个'612'是标题吗？"

"好像是这样，但是不知道是什么意思。"

我又看了一遍问："这个可以暂时借给我吗？"

"嗯……"叶田沉吟着，"虽说是来找我，但毕竟是别人的作品。如果没有本人的同意，就不能随便借给第三者啊。"

确实是那样。和英令奈的情况不同，这不是赠送的东西。

"……我明白了。那么起码让我拍些照片吧。"

"那倒没关系。但是，请不要在 SNS 上公开。"

"那当然。"

我一边转动立体模型一边拍照。偶尔靠近，各部分的细节也都能收集起来。确认了没有漏拍，道谢后放回了箱子里。

我一口气喝光叶田给我拿的冰咖啡，离开了工作室。

"欢迎再来。"叶田亲切地说。

一出门，就立刻在 LINE 上向土生井报告了不能借出的事，上传了几张刚拍的照片。

在返回车站的途中，土生井给我回信了。

"请确认屋顶能不能取下来。"

糟了！我忘记看了。我慌忙折回去，敲着工作室的门，门打开了。

"承蒙您的美言，我又来了。"

工作中的叶田瞪圆了眼睛说："好快啊。"

我解释了原因，他又拿出了蒲泽的立体模型。

盯着屋顶下方看，闪闪发光的黄铜螺丝头，没有丝毫想要隐藏的迹象。

"不好意思，有细一点的十字螺丝刀吗？"

"这样可以吗？"叶田从搁板的架子上拔出一把螺丝刀，将手柄的一头递给我。

"这个好像也能取掉屋顶。外行的我也做不来，能拜托您操作一下吗？"

叶田戴着老花眼镜蹲在地上看："真的呀，但是这个部分太杂乱了。"

屋顶很快就被拆下来了。我一边俯视，一边拿着手机准备拍照。

但是内部并没有特别考究的工艺品，保持了板材的原状。只是地板的中央露出了一个不起眼的尼龙绳环，简直就像是叫喊着"快来拉我"。

我拍完照片后拜托了叶田："能帮我拉一下那个圆环吗？"

"这是什么？"叶田摘下圆环向上提起。

地板突然隆起，往里边看。

又是像要发出"啊"的声音似的。

地板下的右侧有一个狭长的凹坑，灰色的士兵人偶倒在里面。

"天啊。"叶田也惊讶出声。

"你怎么看？"

"人……正在睡觉？"

"一般来说，人会睡在地板下吗？"

"没法睡呢……难道是尸体？"

"果然是这么想的。"

"大概是个不好的玩笑吧。"叶田这样说着，勉强露出了笑容。这是不想被卷入不幸事件的表现吗？

"蒲泽，是喜欢开这种玩笑的人吗？"

"他性格很开朗，我想他应该喜欢开玩笑。"

我进一步一边拍照一边说："但是，如果真的隐藏了尸体，怎么办呢……"

"不会吧。"叶田还是微微一笑。

也不是不可能。但是，我知道英令奈失踪了，不得不认为这个人偶就是她。我渐渐感到不舒服。如果不是这里工作室昏暗的照明环境，叶田会注意到我的脸色很不好吧。

事情发展是这样吗？蒲泽和英令奈因某种原因不和，蒲泽将英令奈杀害后遗弃在地板下。然后把那个秘密藏在了迷你小屋里。

但是问题是最后的部分。为什么要特意做那种事呢？

"这样就差不多好了吧。"叶田一边将屋顶复原一边问。

"啊……是的。劳烦您两次真是对不起。"我再次道谢，转身从工作室跑了出来。

打开 LINE，将房子的照片上传到了和土生井的聊天室。

"你觉得怎么样？"

也许是在等着我的消息，他马上就回信来了。

"老师辛苦了。

"我想到了不大吉利的事情。"

果然土生井也是同样的意见。该对晴子怎么说好呢？

"报警吧。"

"证据不够有力，动机不明。"

"确实，最好先确认现场。"

"但主题看起来像是山间小屋。如果要找山的话，交通会很不方便。"

"已经试着进行了图像检索，是有名的房子。"

已经知道了吗？不愧是土生井，工作很有效率。

"找到了吗？是谁的家？是艺人的别墅之类的吗？"

"英格尔斯一家。"

我觉得好像在哪里听过。那也是很久以前的事了。

"是外国人吗？"

"美国人。西部开拓时代的。"虽然这么说，但还是没能理解。

"具体是怎么一回事？"

"你不知道？以前在电视上播过的《大草原上的小木屋》，和那部电视剧里出现的房子是一模一样的。"

我听说过。因为时代不同，不是一代人，所以没看过。但是，刚才叶田大概是想起来了吧。

"是吗？也就是说，是虚构的家吧？"

"虽然原作是真实故事，但从电视剧的意义上来说确实是虚构的。"

"特意建造了虚构的房子？这是怎么回事呢？"

回信总是不来，我暂时停止对话，向田端站走去。到车站的时候通知又来了，打开 LINE。

"我觉得果然房子本身没有什么意义。把电视剧里的家都做出来就是证据。"

明明是英格尔斯一家的房子，一看门牌，原来是"黄桥"。

我放大了山间小屋入口的图像。确实有名牌，上面写着"黄桥"。晴子寄存的立体模型也有名牌，但没有记名。虽然我觉得就是那样的作品风格，但我已经完全融入了这件作品中。

"那么，找一个和'黄桥'有关的房子就好了。"

"我已经在网上搜索过了，别说那样的房子了，连叫这个名字的人都没有，至少在关东甲信地区里没有。"

"那么，在其他地方找呢？"

"没有那个必要。虽然没有房子，但是很快就找到了'黄桥'在厚木。"

"也就是说，这次的主题不是房子而是桥。根据是……？"

"背面水上贴着的阳台形状的部分，你不觉得那是桥吗？"

我吃了一惊，把阳台看成桥，是一个很天马行空的解释。

"是那样吗？但是为什么要这么拐弯抹角？"

"我不知道，去了也许会知道些什么。"

如果是厚木的话，离市中心相当远。要是白跑一趟，徒劳感很大吧。但是，现在线索也只有这个。试着相信土生井的直觉吧。也许最终会变成最坏的结果，但正因为如此，我才想抓紧时间。

"那我马上去厚木看看。"

"现在就去？"

"是的。"

"也许会白跑一趟。"

"我习惯了。"

"是吗？那么，注意安全。"

我要乘山手线去新宿，换乘了小田急线伊势原方向的地铁。

# 黄桥

在车内一边吃作为午饭的三明治，一边用手机确认当地的路线。目的地是我所在的厚木站西北方向的相模川支流（小鲇川）。我一边看地图一边计划路线和交通方式，这时，土生井打来了电话。

"我用谷歌地图和街景地图确认了从车站到河流的路线。"

"我也看到了，于是我确信，果然黄桥附近埋着什么东西。"

"真的吗？根据是……？"

"我还在念书的时候，马自达出了一辆名为'友诺士'的跑车，我非常憧憬。"

突然之间这是在说什么呢？因为他说的是很流行的公路明星车，所以我也很熟悉。

小型跑车价格也很实惠，经历了更新换代应该还是现役的。

我坐到有顶棚的休憩长椅上，等待后续。一小段时间后传来一段很长的文字。

"在谷歌街景查看路线的时候，看到了 British Green 的第一代 Roadstar 从站台中心的停车场开出来。因为我曾经很想有一台这样的车，就跟着这个车的行驶路线多看了一会儿。看着看着发现它刚刚还在前面，但中途就不见了。于是我放弃追踪它改去调查小鲇川黄桥的周边，没想到那边也有同样的 Roadstar。好像在路肩上停了很长时间呢。"

我惊讶于意外的展开。但是他究竟想说什么？很快他又发来了信息。

"从这点来看，有人在 Home Center 购买了动力铲什么的，前往黄桥。也就是说，在那里挖了个洞，填了什么不是吗？"

土生井越发强调了尸体被遗弃的可能性，我马上写下来。

"不能断定是同一辆车，你知道为什么买了动力铲吗？

"而且也不一定是犯罪的时候。"

"请试着放大他在黄桥停车时的路灯。"

我按照指示在街景上查找了黄桥。乍一看没注意，但仔细看附近的路肩上确实停着绿色的 Roadstar。一半以上都插入了郁郁葱葱的新绿丛中，车体变成了保护色。

放大图片后我惊愕了。半开的后备厢里露出了用塑料袋卷起来的动力铲柄头。确认了下拍摄时间，不就是今年五月吗？与英令奈失踪的时间恰好重叠。

"真的呢。吓了一跳。"

"把动力铲放进后备厢就是说没有空座位，因为是两座车嘛。"

"至少能确认当时有同乘者。"

我只能同意。被害者的存在终于明确了。我继续问。

"对方没有抵抗吗？"

"不知道是用安眠药什么的让人入睡，还是上车后让人喝掉，总之就是这样吧。"

也许正如土生井所说。但是我又有一个疑问。

"如果是为了填什么东西而停车的话，后备厢里留下了动力铲不是很奇怪吗？"

"长时间停车是因为在意别人的眼光想等天黑吧。当时谷歌的摄影车从旁边经过了。又也许凶手还需要做其他的准备。"

"原来如此。"

因为我不希望有尸体的存在，所以向土生井提出了各种各样的疑问，但全都被一一化解了。

因此，我先写下我调查的路线。

首先乘坐去松莲寺的巴士。在厚木市三家入口的公交车站下车后有个站台中心，从那里购买动力铲。不要错买成圆背形的，因为没法用脚踩。

土生井很会用手机。他跟我说让我买动力铲，好像是要让我挖地。他似乎非常有信心。我却开始紧张起来了。

接着从 129 号线往南走，在厚木市立医院前乘坐去宫濑湖的巴士，十五分钟左右在穴口桥那一站下车。然后从那儿沿着小鲇川稍微走一会儿到上游就看到黄桥了。

本来这种事应该报警吧，但是正如土生井所说的那样，证据太少了。一定会被人一脚踢开。我没有说服警察行动的自信，果然找到证据是必要的。

因为没有向土生井详细说明背景，所以他应该没有什么强烈的感受。当然我也没对晴子说什么，现在只有我在考虑最坏的可能性。我感到了一阵孤独，并且紧张感越来越强烈，已经有轻微的恶心感了。

约莫一个半小时忧郁行程的结果，就是我在厚木站下车了。天气好像反映了我的心情一样在恶化。蓝天几乎被云彩完全遮住，西边更是乌云密布。

出车站北口，我用 LINE 向土生井报告。

"我出了车站。现在去现场。"

马上回信就来了。

"老师辛苦了，小心点。"

按照土生井的指示行动了，带着在站台中心买的动力铲乘坐巴士，在被其他乘客好奇的目光注视下摇晃了三十分钟，终于到了现场。天色越来越暗。

周围几乎都是田园和农地，农家和民房都建得非常稀疏。能听到的只有夏蝉和青蛙的叫声。真是悠闲！

虽然前方有低矮的山丘，但是几乎没有会遮挡到视线的东西。要是晚上的话，会很冷清。小鲇川本身并没有那么大。

黄桥是一座古木制的不起眼的桥。由于一边看地图一边前进才注意到了它，不然一不小心就错过了。在栏杆上刻着桥的名字，姑且算是有字提示，但漆也已经掉得差不多了。黄桥本身也并不是黄色的，仅有一辆车可以通过的宽度，使用它的几乎都是附近农家的人。

我向土生井报告我已经到了黄桥。

他马上回信：

"请找一个容易挖洞的地方。"

环视四周，发现桥的前面，也就是南侧水面一直延伸到堤坝的边缘，而对岸则是一条狭窄的河滩。我过了桥，桥体发出嘎吱嘎吱的响声。好不容易走到了对面，踩着夏草滑到河滩上。桥下的法面[1]已经完成了。

全是土，我想如果有什么被埋了的话就是那里了。

我把夹克脱下来，挂在了纤细的灌木上。从动力铲上取下塑料袋，将铲子刃插在地面上。

我默默地铲土，纳闷为什么自己的盂兰盆节假期，是在这样偏僻的地方，一个人做这种事呢？细密的黏土贴在动力铲的表面上，死活拔不出来。额头沁出的汗流过眼角，蜇得很疼。用手帕擦汗，我现在才想起，应该像叶田那样把头巾扎在头上。

大约花了四十分钟，直径五十厘米，深度也差不多有三个洞，没发现什么特别的。刚才开始轰隆轰隆地打雷，好像要下雨了。一边感到沮丧一边继续着工作。想要靠着都是为了晴子来重新振作精神，但是不知道为什么那张脸怎么也想不起来。取而代之的是，真理子的脸浮现在眼前，我慌慌张张地摇摇头否定了自己的想法。真不可思议。

口袋里的手机在颤抖，收到了土生井通过 LINE 发来的一则消息。

"辛苦了，找不到吗？"

"还没呢。"

---

1. 是指由切土和填土制成的人工斜坡。

"和山间小屋的模型一样，试着瞄准桥的右侧怎么样？挖八十厘米到一米的深度。"

按照指示挖了四个一米左右的洞的时候，响起了一个巨大的雷声。下一个瞬间，我感受到了动力铲前端的反应，减小了挖掘的力量，小心地把土除去了。

渐渐地，一股难以言喻的臭气开始散发出来。那是在遥远的记忆中闻过的臭味。

那是小时候的一个夏天，人行横道上有被人碾死的野狗的尸体，没有好好处理掉任由车辆继续碾轧，柏油路上一直都残留着那个味道。我们这些小孩在上学路上都绕开那条人行横道走，处理掉以后那个臭味一直到秋天才散去。

我从洞里看到的是变色了的白布片和发黄了的骨头的一部分，还有无数白色颗粒——蛆虫。

果然是这样！

我好不容易才站稳了，腰以下的力气好像要被拔走似的。

终于找到了英令奈的尸体了吗？用我的双手挖到了吗？接下来该对晴子说什么呢？

不知是雷声的缘故，还是单纯巧合，夏蝉和青蛙的声音都不知不觉地停止了。咕噜咕噜的声音响彻我的腹底，终于把胃上面的塞子炸飞了。我把动力铲扔到河里，吐了出来。我的午饭都成了鱼的饵食。

用手帕擦了擦嘴，回到现场。我颤抖的手拿着手机，按下了快门。马上把照片上传到 LINE 的聊天室。接下来要发信息，但是手指还在颤抖，打一个字都很费事。

"找到了。"

回信很快就来了。

"果然，不要过分摆弄现场。立即向最近的警察通报。"

"了解。"

"老师。"

"嗯。"

"辛苦了。"

我把动力铲插在地上，就跑上了堤坝。雷声轰鸣，我蹲下了。这样下去，被雷击中我也成佛了，我拿出手机。

就在这时，有一辆发白的迷你摩托车从堤坝下游驶过来。一开始以为是送报纸或是送养乐多的，但好像是警察。

我想尽快告诉警察，就在路中间像金刚力士那样屹立不倒地站着，双手交叉挥舞着。骑着小型摩托车的警察停了下来。白色安全帽下的脸看起来有五十岁。

"怎么了？"警察一边从摩托车上下来一边说道。

"在桥下发现了尸体！"

终于啪嗒啪嗒地下起了大雨点，雷声也在轰鸣。

"请带我去。"

"在这里。"急忙催促警察到现场，也想躲躲雨。

我起身走到桥下，指向有洞的法面。警察也迈着危险的步伐下来了，站在洞口前。

"这不是很严重吗？"警察用我留下的挖掘工具在洞中寻找。

警察打开肩上的麦克风，操作腰部的机器进行无线联络，好像在请求支援。我们一边等着增援，一边在桥下避雨。

警察说："哎呀，偶然路过真是太好了。眼看就要下雨了，所以选择了平时不会通过的捷径。"

"是这样啊，真是得救了。"

"但是，你是怎么发现的？遛狗吗？"警察提问了。

"我没有遛狗。"

"确实，那铲子是您的吗？"

"是的。"

"准备得很周到呢，好像知道这里有尸体。不会有这么巧的事吧。"

"但还真是这么巧的事情。说来话长……"我尽可能详细地说明了蒲泽的小屋立体模型、地板下隐藏着的人偶、写着"黄桥"字样的牌子。

警察边点头边听。正当我犹豫着该怎么说晴子委托的内容，提问就结束了。

"真是个离奇的故事啊。"

"我也半信半疑。"

过了五分钟左右，一辆小型巡逻车来到了堤坝上。我和警察摸着浸润雨水湿滑的夏草回到了堤坝上。迷你摩托车的警察向巡逻车的警察说了几句话，骑着摩托车走了。我被安排坐在了巡逻车的后座。雨越下越大，落在窗户上的雨点也越来越大。

巡逻车上的警察再次询问了我的住址、姓名、年龄、职业以及其他情况。我把刚才对警察说的话又重复了一遍。这次应该说得更流利了。年轻警察认真地在笔记本上做了笔记。他说想让我给他看一下蒲泽立体模型的照片，所以我打开手机给他看了。

大约半小时我都在回答问题，下游来了一辆白色的面包车。是所谓的鉴定科的家伙吧。事情越来越严重了。

坐在旁边提问的年轻警察合上了笔记本，他一下车，就急忙转到了驾驶席。

"我现在去派出所，还有些事请您帮助。"

我乘坐的巡逻车就这样向河流的上游进发了。雨一直下着。我想起动力铲还放在桥下，警察一定会帮我拿的吧。

走到拥堵的道路后左转，在高尔夫球场拐角处右转。在住宅区一个劲地跑，终于停了下来。

有一座紧贴在路边不起眼的建筑。下了小型巡逻车，登上台阶。我一进去就被安排坐在一张折叠椅子上，另一位中年警官打开了笔记本电脑，第三次询问了我的个人信息。刚才那个年轻警察做好的笔录去哪里了呢？我一边这么想着，一边坦率地回答，中年警察把我的信息输入了电脑。

这是我第三次接受讯问。这次也花了三十分钟左右的时间。警察一边做笔录，一边嘴里嘟嘟囔囔着什么。

文件完成后，转了转电脑，显示器画面朝这边："这样没有错误吗？"

我赶紧看了一下画面，有类似 Excel 的格式，框内输入了我的个人信息。阅读了文书栏后，虽然大部分内容都被省略了，但大致上是我讲的内容。关于晴子的委托一直没有提及。看着画面又犹豫了一下。

"是的，没问题。"我说。

"那么接下来请到本署吧。"

还有吗？这是 RPG[1] 什么的吗？虽然我很想继续推进搜查，但是要我说，我不认为反复打听同样的内容以及做报告会起到什么作用。并且，我并不知道什么不得了的事情。

再次坐在狭窄的迷你车上，摇晃了二十分钟左右。记忆中新的本厚木车站出现在眼前，从巨大的空调室外机能看出这是座刚刚建好的建筑物。开进停车场，招牌上写着"厚木警察局"。

坐电梯去三楼，我被带到了小会议室。旁边的桌子上胡乱堆着一捆厚厚的文件。刚才听证的文件可能已经送到了吧，我特意看了一眼，也许是因为经营纸店，所以有强迫症，我一直有种想上前把纸码齐的冲动，非常郁闷。

过了一会儿，一个年长的男人进来了，顶着一头现在很少见的烫发，粗眉毛很显眼，穿着钓鱼人士爱穿的那种有很多口袋的网状马甲。

他递给我一张名片——"搜查一课 石桥和男"，是刑警，于是我接受了第四次讯问。

这次不是例行公事的问题，是细致入微地追问。我觉得这是最后一次说出晴子委托一事的机会。无论如何从这里开始我就无能为

---

1. 全称为 Role-playing Game，角色扮演游戏。

力了。

我对石桥刑警说，事情起初是源自对晴子的妹妹英令奈所有的物品进行鉴定。关于英令奈失踪，已向足立区的警察报告。并且我强调了那个尸体很有可能是她的。

石桥认真地听了，但是说："切忌预断。如果失踪申报的女孩是足立区的话，那里警视厅的人会努力的。"

我感到一阵讨厌。因为他们经常被说成是水火不容的关系，所以才会有这种感觉吧。

"可以吗？"

"那就相信他们吧。说起来……"石桥目不转睛地看着我，"你可能有点麻烦。"

"怎么说？"

"听说你在河边偶然遇到了一位骑摩托车的警察。你说是偶然遇见了，根据理解的不同，所以也不能排除你是作案人，伪装成了报案人。"

对意料之外的话感到不知所措，我被怀疑了吗？

"可是，现在应该有个洞。"我反驳道。

"可能是想确认尸体的状态，或者是想移动到其他地方。"

"谁这么拐弯抹角？"

"不排除也有这样的犯罪者。我们的工作就是怀疑所有的可能性。虽然我不完全这么认为，但是肯定也有这样想的警察。今后，在搜查过程中可能会遇到不愉快的事情，请事先做好心理准备。"

石桥还补充道："还有，千万不要抱着外行的想法行动。"

被告知要提交蒲泽的立体模型的图像，我用邮件形式发到了他们告诉我的邮箱。

另外，还被问到了拥有模型实物的叶田的地址，于是我让他复印了叶田的名片。最后被取证存档了脸部照片和十个手指的指纹，简直就像犯人一样。

结果，到解放为止花了两个小时。还有人说可能会为了听取情况而再传唤我。

回到本厚木站，我先给叶田打了电话。据说他今天只有上午有空，这个时候他果然不在家。我在电话留言中告诉他，我根据那个山中小屋的立体模型，沿着"黄桥"来到厚木发现了尸体。另外，警察也表示应该会去听取情况。在警察到达之前听到录音就好了。

接着，在 LINE 上向土生井报告了事情听取结束的情况。马上回信来了。

"之后就交给警察吧。回去时请小心。"

我回复了些客套话。

## 向晴子报告

雨停了，云朵散开了。西边的天空已经渐渐明亮起来了。

我一边等着回程的电车，一边在车站的长椅上思考着，心情非常沉重，可是必须早点向晴子报告。虽然等警察来传达会比较轻松，但是那样的话就不能算是自己工作了。

一看表已经快五点了，星期天，晴子是外出还是在家呢？

掏出手机，呼叫晴子。我觉得用 LINE 是不对的，如预想的那样她的电话切换到了录音模式，但我又觉得用录音来报告也不合适。只能等一会儿再打电话了。

五点十分，晴子打来了电话："您好像打过电话……"

晴子满怀期待的声音令我难以启齿，但我还是开口了："那个……有警察联系你吗？"

晴子的声音变成了可疑的声音："还没有……"

我尽量平静地说："调查有了进展，我想尽快见面汇报一下。"

电话另一头有了困惑的迹象："马上吗？"

"是的。我现在在本厚木那边，去事务所要花将近一个半小时。

我们在某个中间点见面吧。"

"本厚木发现了什么吗？"晴子尖锐地问。

"之后再聊。你现在在哪里？"

"在本地所泽站附近。马上就可以动身。"

车站内的广播响亮，电话的声音很难听清楚。我很焦躁。

"所泽是吧，我用地图搜一下，先挂了，好吧。"

"我知道了。"

挂断电话，打开了谷歌地图。从所泽来的话，从西武线换乘武藏野线南下的话到府中本町要二十八分钟，我从本厚木到府中本町坐小田急线和南武线要五十四分钟。要是从所泽到登户要花四十九分钟，从本厚木到登户要花三十三分钟。我把所有的信息都写在了纸屋记事本上。

我再次给晴子打了电话。她瞬间就接了电话。我提议将府中本町或者登户作为见面的地方。都是最多不到一个小时。

晴子冷静地说："八王子怎么样？从我这边的话是四十分钟，从你那边的话是四十七分钟。稍微靠近本厚木不是更好吗？"

晴子灵机一动的意见无可挑剔。"八王子是吧，好的。来的时候请小心。"

挂断电话后，我跳上了小田急的上行线。用手机看了一下网络新闻，果然厚木的事情还没有被报道。

正在盂兰盆节休假中，JR 终点站八王子的中央大厅里人山人海。下午六点多，和晴子在检票口外面碰面了。她今天也穿着白色连衣裙，表情里渗透着恐惧的颜色，但我觉得还是很美。

"是喝点酒比较好聊的内容吧？"晴子开口问。

"也许是吧。"我只这么回答道。

避开车站大楼的嘈杂走出北口，朝着似乎有安静店铺的西边走去，强烈的夕阳直直地照射进来。

虽然不是悠闲地物色店铺的时候，但突然被拐角处的英式酒吧吸引住了。

看了一下广告牌，上面写着"Sherlock Holmes"。我们打算试试。

被带到了一个很高的吧台，我点了一品脱惠比寿，晴子点了两杯詹姆斯。饮料送来了，我们沉默地微微举起。

"虽然还没有全部弄清楚……"在叮嘱晴子的同时，也是在提醒自己，然后开始讲述到现在为止事情的经过。

"英令奈曾尝试过'箱庭疗法'。在这个过程中开始去叶田的制作教室。在那里认识的一个叫蒲泽新次的男人就是S。看过叶田工作室收到的蒲泽的另一件作品，那个迷你小屋的地板下也隐藏着士兵人偶。从小屋的门牌上发现并好不容易来到了'黄桥'，在现场挖掘后发现了尸体。"我尽可能详细地说给她听。

"那个尸体。"晴子先提到了结论。

我慢慢地点了点头："厚木警察可能会联系你。"

晴子吸了吸鼻涕，擦拭眼角。在旁人看来，也许会认为是我说出了要分手的话，是个坏人。不过，应该没有男人会甩这样的美女吧。

"……那个叫蒲泽的人就是那个奇怪的人吗？"

"从情况来看，可能性很大。"

"如果是这样的话，为什么要把英令奈……明明是赠送礼物的关系。"

"要是关系恶化了……"

"这样啊……因为英令奈精神上不安定。"

"这么说来也有自杀的可能性？"

"也不排除这种情况。"

"那么，也就是说，蒲泽帮了忙。"

"是吗？"

"话虽如此，警察的调查还没有结束。即使只有一点点希望，也不要放弃，我也祈祷。"我将自己的手叠在晴子颤抖的手上。

但是晴子却温柔地从我手中把手抽回。

"谢谢您。"晴子把玻璃杯端到了嘴边，然后我们陷入沉默。

久违了，我按照惯例拿出了扑克牌："要稍微转换一下心情吗？"

"啊？"

我一边洗牌一边说："我们来用扑克占卜吧，看看幸运会不会降临。"

"你很擅长呢。"

"因为我只有这个才能。"

用手帕擦掉桌子上的水分，我把扑克牌一张一张地排成五行。"蒙特卡罗"，只是在心中一边默念着愿望一边翻阅，并简单交换手牌的游戏。如果桌子上排列的卡片没有了的话，愿望就会实现。

本想如果进展不顺利的话就搪塞一下，但看的过程中卡消失了。

"怎么样？"

我点了点头："好像还不错。"

"真的吗？不是安慰？"

"以防万一再测一下。"

接下来我把卡片摆成金字塔状，这次结果也很好。

"果然没错。"

"这样啊。非常感谢。说实话我不太懂，但是看着就被治愈了。"

"那太好了。"

我收拾好扑克牌后无意识地拿起手机，又打开了多次浏览的网络新闻。

这次有了，是厚木的事件。

下午一点二十分左右，接到报案后赶来的警察在神奈川县厚木市林三丁目的小鲇川桥下发现了埋着的尸体。

据神奈川县厚木警署称，尸体在横跨小鲇川的黄桥下法面深八十厘米的地方，是以躺下的姿势被发现的。这具尸体被认为是二十多岁的男性，一部分身体组织已经白骨化。

该警署认为这是杀人弃尸的事件，正在进行搜查。在确认身份的同时，正在以司法解剖调查死亡原因。现场是小田急电铁小田原线本厚木站向北约七公里的住宅和田地等混杂的区域。

那具尸体是成人男性吗？不是英令奈啊！

我马上给晴子看了手机的画面："好消息。不是妹妹！"

晴子半信半疑地说着"哎"，把手放在了我的手机上，快速地阅读了新闻："真的呢！"

"太好了。我只凭主观臆测判断，吓到你了，不好意思。"我深深地低下了头。

"不，请不要道歉。"晴子悲喜交加，擦拭着眼角。

"不不不，但是我真是吓了一跳。"

"虽然这样说对不起死去的人。"晴子举起了酒杯，"我想干杯。"

"那就干杯吧。"

我们重新用玻璃杯碰了一下。

"但是，你妹妹依然下落不明，这一点没有改变。"

"这样也许会有什么进展呢。警察好像也会出动。谢谢您的多方关照。"

我原本打算冷酷地回复说"现在道谢还太早"，但是下一个瞬间，肚子咕噜咕噜地叫了起来。

这也是当然，因为午饭都吐了嘛。

晴子对着我泛红的脸微笑着说："您要点什么食物吗？"

"是啊！放心后肚子一下子就饿了。"

"我也是。"

我们点了鱼和薯片。

"话说回来，那具尸体是什么人啊？"吃的来了，"警察没有了盘问你的理由。现在还没有被传唤是吧？"

"现在是这样。"

两个人的第一波酒都没有了。我又点了一杯吉尼斯，晴子也点了杯詹姆斯。

晴子突然问道："这么说来，渡部先生，你的本职是纸张鉴定师吧？看了纸就能知道什么吗？"

"是啊，比如这个，"我拿起啤酒杯，摘了杯垫，"这不是普通的印刷纸，是 Fancy Paper，也就是特殊纸。其中，各厂家都有各自制造的品牌。COASTER 的话，虽然可能是王子 F-Tex 的 COASTER 原纸、富士共和制纸的 SS 杯垫、特 A 垫，但这种情况应该是最后所说的特 A 垫。也会用来制作名片。"

晴子瞪圆了眼睛："哇，你怎么知道的呢？"

我摩挲着大拇指和食指，答道："因为平时都会反复触摸样品，所以指尖还记得触感。"

"好厉害啊。"晴子又把杯子拿到嘴边说，"而且还做了立体模型的鉴定。"

立体模型吗？这么说来，我还没告诉晴子，土生井的存在。我很想就这样让她觉得我很厉害，但不久我又会很内疚。

"其实，"我大胆地说，"关于立体模型另有一位鉴定老师。"

"师匠，是吗？"

"是的。虽然是不久前才认识的，但是好像是'传说中的模型师'。"

"传说中的模型师？"

晴子重复着我的话，我觉得这也很正常。

"对了，我们正好在八王子，现在去见他吧。"最后一句是经济观念严格的我最不该说的台词，叮喝醉了也没办法。

"啊……如果是关照过我的人，至少要打个招呼。"

我立刻用 LINE 重新向土生井传达了这次调查的开端和经过。一个叫曲野晴子的女孩请我帮忙找寻失踪的妹妹英令奈。白房子的立体模型是为了解除英令奈的精神创伤而使用的。制作了模型的蒲泽和英令奈有牵绊，但不知道是不是和失踪有关。而且蒲泽知道厚木的杀人事件。

最后为了今后的商谈，写了稍后想去拜访的意思。我隐瞒了晴子会同行的事，留点惊喜。

我点了刚做好的鱼和薯片，打包作为给土生井的礼品。我们一边喝着剩下的酒一边等着回信，过了十五分钟终于收到了土生井的回信，得到了准许。

"那我们走吧。"

# 土生井倒下

从车站前的乘车处乘坐出租车，一直北上，然后左转，从甲州街道径直驶向高尾。

一路上，和晴子说了关于土生井的各种各样的事情，她似乎格外感兴趣。二十分钟左右就到了土生井的垃圾屋。七点半，太阳刚藏在山阴下，隐约传来虫声。晚风有秋天的气息。

"是个很厉害的地方，请不要感到惊讶。"我提前说。

即使在夜色中，家门前的破烂山也很显眼，晴子小声地惊叫。

尽管如此，在只见过两次面的我的邀请下，晴子还是来到了这么偏僻的地方。虽然邀请了她，但她的大胆和不设防令人吃惊。是因为醉酒，还是对土生井的兴趣比较强呢？

按门铃片刻后门就打开了。土生井露出没有打理过胡茬的脸，明明我们也有喝酒，但土生井的气息却很强烈地散发着熟柿子的腥味。

"呀，老师，欢迎。"声音有点奇怪。

"对不起，这么晚了。今天带来了很棒的客人。"

晴子从我身后说："晚上好。"土生井睁大眼睛："哎呀！"

"这位是我的委托人曲野晴子，正在找失踪的妹妹。"

晴子说："初次见面。"

"她就是刚才 LINE 上的曲野小姐？"土生井挠了挠头，把我们邀请进去，"这地方很闷，请进吧。"

"打扰了。"

他带着我们去依旧乱七八糟的起居室，土生井就这样朝厨房走去。我们伫立在室内，四处张望。

"很厉害吧。"

晴子走到展柜前，观察着土生井的作品："真的呢，而且书也很多。"

"土生井先生有着非常厉害的模型技术，而且还把架子上这些书的内容都记在脑子里了。"

土生井端着盘子进来了："茶可以吗？"

"请不要客气。"我们礼貌地并排坐在茶几前。

土生井拿着自己的茶杯开玩笑说："那我可喝茶了哦。"说着，土生井揭开自己的茶杯盖，看上去比平时还醉了些。

我重新介绍了土生井和晴子双方。

"年轻女性居然会愿意来这种可怕的地方，要是一开始告诉我就好了。这样的话，我就先打扫一下。"土生井挠着头说，头皮屑纷纷掉落。

"总之，是惊喜。"我边给他递礼物边说。

"这可太感谢了。但是对你们来说也很惊喜吧？哎呀，这里又脏又臭，真对不起。"

在电灯下一看，发现土生井的脸色很差，有点暗黄。内脏也很虚弱吗？

"那幅画也是土生井先生画的吗？"晴子指着鸭居[1]问。

"不，那是我母亲的作品。她以前的兴趣是油画。"

"您母亲已经休息了吧。我会安静点。"

"其实——"土生井肩膀垂了下来，"前几天去世了。"

"啊？"我一时不知说什么，距离上次拜访还不到十天。

晴子也说不出话来。

"从那之后稍微有点吞咽性肺炎。死的时候真是太没意思了。"土生井像是看透人生了似的说着。

我把目光投向了鱼和薯片的盒子："难道是因为我带来的特产？"

土生井挥手："不不不，完全没有关系，别担心。不仅如此，在她死前吃了好几次好吃的点心，我很开心。"

"是吗？那可太……请节哀顺变。"

"谢谢，不过肩上的负担也卸下来了。"土生井这样说，可声音很弱，也在情理之中。

"请让我上炷香。"

土生井微微点了点头："那就拜托了。"

来到隔壁房间，里面混杂着氨臭和线香的味道。没有主人的房

---

1. 门框上端的横木。

间,床上的被子被叠得很整齐,旁边放着的旅行车里装满了医疗用品。墙边没有使用过的纸尿裤堆积如山。

窗户旁边有一个佛龛,旁边有一个挂着白布的台子,摆放着好像是不久前拍摄的遗像。和第一次访问时怒吼的粗暴形象完全不同的高雅老妇温柔地微笑着。遗像旁边有一个骨灰盒。

我取了一根线香点了火,用手扇灭后插在香炉里,摇着铃铛双手合拢。

晴子也一样。

土生井说:"谢谢。"

回到起居室,晴子再次抬头看鸭居,指着像女演员一样的黑白照片说道:"难道那张照片是你母亲吗?"

土生井用意外的语气说道:"你看出来了呀。"

我也认真地抬头看了看。我一直以为这是以前的女演员的照片,但说起来感觉和佛龛的遗像很相似。

晴子说:"真漂亮啊。"

土生井感到不好意思,嘿嘿地笑了:"妈妈长年患有痴呆症,经常大小便失禁,褥疮也治不好,已经形成恶臭的块儿了。我也不能说什么。尽管如此,安静的时候也有可爱的一面,但是一旦犯病就无法控制了,我想老师也知道。"

土生井好像母亲还活着般说着,我点了点头。

土生井继续说道:"明明我很努力地在照顾她,可她本人却不了解我的心情。总是骂啊,打啊,咬啊。我生气得不行,一点办法也没有。那种时候,我就会看看妈妈年轻时候的照片。这样的话,我就会想起讨厌的老太婆也有过这样的时代,心理就稍微平静了一些。"土生井喝了口酒。

"真是辛苦啊!"晴子喃喃自语。

"嗯,虽然现在是一身轻松了。"土生井啜了口沏好的苦茶。晴子不厌其烦地看着照片。

"那么,"我开了口,"你看到厚木的新闻了吗?"

"啊,听广播了。"

"正如土生井先生所关注的那样,蒲泽的作品成了决定性的因素。总之他知道了尸体的位置。也就是说,他就是犯人吗?"

土生井大口喝酒:"嗯,就算蒲泽是犯人,也不会特意留下线索吧。"确实如此,我也有不少疑问。

"那么假设蒲泽不是犯人,你觉得他又是为了什么而创作的呢?"

"应该是,虽然知道犯人是谁,但却处于不能公开告发的立场吧。"土生井似乎喘不上气,总是断断续续地说。

他虽然喝得酩酊大醉,但思考却似乎井然有序。果然这个男人喝了酒就会马力全开。

"不能告发的立场,是朋友、亲人吗?"

"啊,不是那样吗?"

"那个……妹妹怎么样了呢?"晴子忍不住问。

"行踪不明的妹妹?就是那个白房子作品的主人啊……"就这样土生井始终没有回答,一只手拿着茶杯,抚摸着长着胡子的下巴。

我帮他解了围:"白色的房子和妹妹有关系,但这次的'黄桥'

最终发现和妹妹的失踪没有关系。那倒是太好了，不过还是回到了原点。"

土生井冷冷地说："有没有关系还不知道呢。"

晴子担心地转过身来。把英令奈和杀人事件再次联系起来是很痛苦的吧，我说："能不能先暂时忘记厚木的事情呢？"

"啊，好啊。"土生井又开始喝酒了，"蒲泽为什么给叶田先生送作品呢？"

"本来是没有预定，据说因为展示要用，好像就突然送来了。"

"像个不请自来的老婆似的吗？"

晴子扑哧一笑。

土生井斜眼看了晴子一眼。

"当然，并没有真的打算用于展示会。只是以那个名义制作了而已。"

"为什么？"

"蒲泽是想告发关系亲密的人中有杀人犯，是内部告发。然而，犯人却处于能够轻易地看到蒲泽在制作作品。所以，不能制作容易获得启发的作品，也不能让人理解其目的。因此，把大致的线索融入作品中，向在外面的叶田先生透露了这个秘密。"

土生井往茶杯里倒了烧酒。

"原来如此。"

"认真地做一座名为黄桥的桥就已经够呛了，更不用说在地面上刺洋娃娃，马上就会被附近的犯人发现。所以，制作了一眼看上去毫无关系的《大草原上的小木屋》。"土生井又开始喝酒。随之脸色越来越差。

我把话接过来继续说："然后把提示藏在了门牌上。想着如果是门牌的话应该就看不到了吧。但是很危险。虽然说不能被凶手发现，但是如果外面的人也完全不理解的话就麻烦了。"

"好难解的状况啊，和酒是一样的。"土生井爽朗地笑着，然后咳嗽起来。

"您还好吗？"我说，"看起来好像有点不舒服。"

"没关系。"

土生井虽然这样说，但是明显情况不乐观，也许让他明天去看看医生比较好。

但我还是继续说了一些刚才的话题："即便如此，如果我们没有和叶田先生接触的话，应该也不会有这么快的进展。或者可能完全弄不明白状况。"

"是老师您的功劳。"

"不，我不是那样的意思。"我挠了挠头。

"确实，如果叶田没有注意到，那结果就可能葬身于黑暗之中。……或者，可能原本就觉得发现不了也无所谓。只不过总不能什么都不做吧。"

"是这样吗？"

土生井又咳嗽起来："在这次的报道中，偶然发现了尸体。解读黄桥立体模型的经过还没有公布呢。"

"警察也半信半疑吧。"

"嗯。不如说……老师您可能会被警察怀疑。"

"请不要说这种可怕的话。"虽然我这样回答了，但确实有可能会变成那样。刚刚还在笑的土生井又剧烈地咳嗽着，脸色都发红了。

晴子递出茶碗说："不嫌弃的话请您喝这杯。"

"谢谢。"土生井坦率接受并喝掉了茶，"间接接吻了。不对，你还没有喝吗？嘿嘿。"

晴子白嫩的手在土生井的背上抚摸着，土生井很惶恐。

"犯人大概没注意到是蒲泽的告发导致杀人行径被发现的。蒲泽自己也一样。"土生井咳嗽不止，"他应该还不确定自己的告发是否奏效。"

"大概，现在是这样的。"

"不过……尸体被发现，社会上就揭露出了杀人事件……蒲泽为了将犯人和事件紧密联系在一起……一定又会有什么新的行动……"土生井咳得停不下来。

"也就是说，又要把新作品送来了？"

"恐怕是的。"

"只能耐心地等待吗？"

"也许已经在行动了。"

晴子说："会有关于我妹妹的线索吗？"

"很抱歉……我估计……有……"言辞断断续续的土生井，下一个瞬间，伴随着像是要呕吐似的一声咳嗽，嘴里流出鲜红的血，矮脚饭桌被喷得湿湿的。

"土生井先生！"晴子发出近乎悲鸣的声音。

土生井无法支撑自己的上身，将脸贴在湿了的茶几上。圆眼镜飞了出去。我们两个人合力把他的身子抬起来，发现已经不省人事了，土生井陷入了昏迷。

"让他躺下吧。"

"不能仰面朝天。因为会因流血而窒息，所以要侧卧着。"

让土生井侧卧的时候，晴子拿起坐垫放在土生井的侧头部下面。

"你看着土生井先生。"我对晴子说。

"好的！"

晴子白色连衣裙的下摆被土生井的血弄脏了。我的醉意一下子就消失了，急忙用手机呼叫119。

接线员接起电话："火灾还是急救？"

"是急救。"

"请告诉我地址。"

我打开纸屋手账，告诉了接线员土生井家的地址。接下来是自己的名字，土生井的名字、年龄和自己的关系，以及现在的状态。虽然已经回答到了这一点，但是对于其经常就诊的医生、过往病历、服药情况却完全无法回答。

我挂了电话，看了眼晴子。她用茶湿润了自己的白手帕，擦拭着土生井的嘴。

仅仅十分钟后，就听到了救护车的汽笛声。没想到听到这样的声音后我反而放下心来。我跑出去，走到街上挥手。

三名急救队员出来询问了情况。回答说喝酒的时候突然吐血倒下了。

队员说："是吐血吗？可能是胃或食道黏膜破裂了吧。"他们将土生井平稳地抬到了急救车上。

"随从人员？"一名队员问道。我毫不犹豫地说："是我。"

晴子说："我也去。"

我坐上救护车对晴子说："不，你不用掺和进来。"

晴子说："那么我就留在这里吧。"

我想象了和骨灰盒在一起的晴子。

"就这样吧。"

"门怎么锁？"

我抬头看了一眼垃圾屋："不会有什么事吧？"

"那我还是去吧。"晴子强行上了车。

坐在救护车的椅子上本是很好的，但就是迟迟出发不了。看起来能够接收病员的医院很难找到，正值盂兰盆节，又是周日的晚上，这也难怪。经过十分钟左右的交涉，终于决定了去向。

医护人员说："去桥本的相模原协同医院。"

大约二十分钟后到达了桥本站附近的大医院。土生井从急救入口被运到了处理室。我和晴子在候诊区的长椅上等待。因为有自动贩卖机，所以买了两杯冰绿茶，我递给晴子一杯。

"土生井先生没事吧？"晴子担心地说。

"希望他没事。"

土生井就这样死去了吗？"传说中的模型师"一直被世人遗忘，悄悄地从这个世界上消失也太可怜了。而且，英令奈的事情我自己一个人负担也太重了。土生井不在的话我完全没有自信。我在心中双手合十继续祈祷。

"曲野小姐，之后就交给我吧。很抱歉把你卷进来了。请先回家吧。"

"不，没什么。怎么说也是在商量我的事情，所以不能就这样离开……请让我再待一会儿。至少在知道结果之前。"晴子坚持说。

"我知道了，那么请再等一会儿吧。"

过了二十分钟左右，女护士过来叫我们"土生井先生的家人"，我们站了起来。

一进入急救室，眼前放着诊察室里常见的桌子，一个年轻男医生坐在桌子前。他对面有很大的空间，放着床和各种器材。和普通的诊察室有明显不同。我还看到了睡在床上的土生井的身影。

我们被安排并排坐在圆椅子上。医生问："是患者的弟弟吗？"

"不，是熟人。"我回答。

"和他家人联系了吗？"

土生井现在一个人。一瞬间，我想起了自称是土生井第一弟子的野上，但并不是像往常一样给他发冗长邮件的时候。

"他是一个人生活。亲戚我不清楚。要先去拜访一下。"

"这样啊。土生井先生吧，通过他脸上有黄疸就可以知道他得了肝硬化，不过我们还是做了血液检查，确认的确如此。他经常喝酒吗？"我立刻点了点头，"好像是常喝。"

医生好像在说原来如此，点了点头："吐血的原因是肝脏变硬了，食道或胃的静脉出现肿瘤，破裂掉了。"

"……有生命危险吗？"

"现在开始把内窥镜放进去，为出血部分止血。因为需要时时监测，所以之后会住院一段时间。是否关乎生命要看本人。要把酒戒掉才行。"

"这样啊……拜托了。"

我们被请出了急救室，再次回到了等候区。

"所以，差不多该……"我一边看着晴子连衣裙上溅到的血一边催促着。

"至少在处理完之前……"

"是吗？"

沉默了一阵之后，晴子开口了："话说回来，土生井为什么过着贫穷的生活呢？明明拥有很厉害的技术。"

"好像是被业界的大企业讨厌了，所以工作就丢掉了。"

"为什么被讨厌？"

"好像是因为揭露了有关商品假冒伪劣的事吧。"

"明明做了正确的事情？"

"这世界光有正义是不能生存的吧。"

"真可怜……"

四十分钟后，刚才的护士又来叫我。我跟着她坐电梯上了三楼。

土生井已经被送到病房，睡在了三人间靠窗的床上。过了熄灯时间，各床的窗帘都拉上了。

土生井床上的帘子拉开着，只有头顶的顶灯亮着。床左侧放着输液的台灯，在土生井的右臂上连接着输液管子。据说在床架上悬挂着塑料袋一样的东西，是通过导管来储尿的袋子。护士小声地向我们说明了很多事情，结束后我们就早早地回到了走廊里。

"需要办什么手续吗？今天的费用怎么办呢？"我问。

"因为是住院，今天不用支付。其他的手续等明早以后，患者醒过来后就可以办理，今天已经没问题了。"

"探病时间是……？"

"工作日是从十二点到下午两点。"

"从中午开始吗？"我递了名片，"如果有什么事的话，请联系我。"

"我知道了。"

我和晴子再次乘坐电梯，从夜间通行口出去了。

我说："这样暂且放心了，很抱歉把您卷进来。"

"不，没什么。也不是和我毫无关系。"

"那我们回去吧，今天发生了很多事情。"

"真的辛苦了。"晴子充满感激地说。

"我会继续寻找妹妹的。"

"拜托了。"

我把晴子送到了桥本站的 JR 检票口。从那里乘坐横滨线，应该可以经由八王子回家。我按照惯例是到京王线，所以去了别的检票口。

# 查明身份

　　明天是十五号，星期一，是盂兰盆节假期的最后一天。已经完全是残暑时节的日照了，紫外线穿过日渐干燥的空气直接刺向皮肤。

　　十二点前，我在京王杜鹃丘车站前的立食荞麦面馆早早地吃完午饭，就去了桥本。我要去住院的土生井那儿。早上先确认了手机的来电记录，但是没有什么特别的。病情似乎没有恶化。总之先松了口气。

　　在电车摇晃的时候，我在想蒲泽想要告发的究竟是谁。他的熟人、朋友、亲戚……我不可能知道。但我突然产生了一个想法。

　　叶田吗？在脑海中叶田那平静的笑容像变形般变出一张邪恶的脸。于是，我突然被那个想法附身了。如果叶田杀了人把尸体藏起来，这件事被蒲泽知道了的话。把作品送到本人身边就代表着"我都知道了"，从而给他施加压力。

　　更加可怕的想法也渐渐扩大了。也就是说，叶田是不是也杀了英令奈呢？

　　我想起在叶田的工作室让他把黄桥的房子的屋顶拆下来时的

事。那时叶田的表情是怎样的呢？确实很吃惊，但那是对自己的罪行被揭发而感到惊讶吧。

警察应该也听取了叶田的情况，没收了"黄桥"模型的作品。警察和我做出一样的推理了吗？而且叶田对警察的访问感到焦虑吗？

如果叶田真的是犯人的话，为了让警察有确凿证据，蒲泽会有进一步行动吧。这样一想，我突然意识到了我想去支援蒲泽，我自己也很吃惊，和昨天的感情完全相反。

突然，我想用 LINE 把这个想法发给土生井。如果是土生井的话，会怎么想呢？紧接着，我想起了土生井住院时没有手机，能回复我就怪了。

我掏出手机，像往常一样顺便打开了网络新闻。于是从屏幕上我看到了转播的报道，还拍到了我记忆中河水和桥的影像。字幕上写着"厚木市河原的尸体，身份判明"。由于下方附有视频链接，我急忙插上耳机播放。播音员开始谈论新闻。

"十四日，在神奈川县厚木市的小鲇川桥下，发现了一部分白骨化的尸体。县警搜查一课根据 DNA 鉴定的结果，将尸体的身份锁定为大分县别府市庄园的中原泰三先生，四十二岁。中原先生从六月左右开始下落不明，亲戚曾提出了搜索请求。关于杀人弃尸事件县警现在也在搜查中，但是还没有找到与犯人相关的线索。县警于十五日早晨进行的司法解剖结果显示，中原的死因是被活埋而窒息死亡，据说警方还将调查死亡的时间和经过。"

那具尸体的身份，是我不知道的名字。但是调查会进一步进行吧，考虑到立体模型揭示了尸体的位置，如果顺利的话，也许会找出英令奈的线索。

　　三十分钟多一点就到了桥本。白天"相模原协同医院"平台屋顶的布告像横条纹一样引人注目，比起昨天晚上的样子看起来更巨大。一进门，还有很多没有检查的外来患者滞留在那里。

　　我径直朝三楼的土生井所在的房间走去。走廊里有一辆大型餐车，上面放置了很多看上去很奇怪的医用餐托盘。病房还残留着午餐的味道。所有床边的窗帘都只有脚下是拉开的。一眼看上去，大家都和土生井年龄相仿。果然是因为肝硬化才来住院的吧。

　　我走到窗边，比我早来的客人坐在折叠椅上。令人吃惊，竟然是晴子。穿着和医院很搭的白色无袖衬衫，同时还穿着白色的阔腿裤。昨天连衣裙上的血洗掉了吗？

　　我说："昨天实在对不起。"

　　晴子站起来低头说："辛苦了。"

　　"但是，你怎么今天也在这里？不用那么在意。"

　　"不，因为我放不下心。反正今天也是盂兰盆节休息，没什么要做的。"

　　"是吗？"我往床上看，"土生井先生状况怎么样？"

　　"刚才才起床，又睡着了。听说住院手续已经办完了。据说还不能用嘴巴进食，所以还在继续打点滴。他说了很多感谢渡部先生的话。"

　　"是吗？随身物品什么的呢？对了，垃圾——"我赶紧改口，"家里的门锁怎么办？"

　　"我等会儿再去关门。他还拜托我帮他取手机和钱包。"两个人之间已经建立了如此亲近的信赖关系。

"那么又辛苦你了。本来是我该做的事。"

"不，完全没关系。"

"那么，"我小声说，"你已经听说那则新闻了吗？"

"那则新闻？"晴子好像并不清楚。

"你到我这边来一下。"我把晴子带到走廊里，"好像确认了厚木尸体的身份，果然是个男人。而且是四十二岁，这样就确定不是英令奈了。"

我们坐在墙边的长凳上。我操作手机打开网络新闻，给晴子看画面，视频马上就开始播放了。

晴子的眼睛渐渐睁大，双手捂住了嘴。我问她："难道是你认识的人吗？"

"这是……"接下来晴子用干瘪的声音说出的内容让我难以置信，"是我继父。"

为什么她的继父会在这里出现呢？

我不得不回问："确认没错吗？"

晴子点头说："至少名字是一样的。"

"也就是说——"我有种不好的预感。

"这其中，"晴子喉咙沙哑，"不是还和英令奈有直接关系吗？"

晴子说了我这一瞬间想说的话。

死者和英令奈、晴子的关系很明确，相反与叶田的关系却无限淡薄。我开始对我之前怀疑他而感到很抱歉。

死者原来是折磨晴子和英令奈的下流男人啊。我觉得他是死有余辜。然而从这个意义上来说，现在行踪不明的英令奈无论如何也摆脱不了嫌疑。

"妹妹……总而言之，你觉得会是她做的吗？"

"不。她绝对不是会做那种事的孩子。不是那样的，大概是谁代替她做的。"

"也就是说，蒲泽做的……"

"我只能这么认为。"

"蒲泽同情英令奈，帮她报仇。然后两人一起逃走了……"

"这是最有可能的。"

但是如果蒲泽是犯人的话，为什么要制作出有自己犯罪线索的立体模型，还送到叶田那里去呢？这是完全不合道理的行为。

果然是英令奈自己的罪行，也许蒲泽是想替她顶罪。尽管如此，犯罪本身还是应该告发的。我想了那么多，但现在不想对晴子说。

"总之先向警察说明一下情况吧。"我只能这么说。

"但是，继父已经是断绝关系的人了，他做这种多余的事情让英令奈遭到怀疑，受到波及，我很担心那孩子的精神状况，要是被冤枉的话，从今以后会很辛苦。"这也是一层理由。如果被警察通缉的话会很困扰，晴子也许内心也在怀疑英令奈。

"确实是这样……"我暂且同意了她的话。

"被逼到绝境，即使是失败，也要奋起反抗，这才是自己……"

"真危险啊。我们再想想吧。"

我想了很多。晴子可能觉得如果英令奈还活着，正在逃跑的话，就这样放任不管比较好。但是，警察有可能总有一天会找到英令奈和晴子。现在的我站在晴子一边，必须抢在警察的前面找出真相。

"我们设法把警察带走吧。"我说，"也许有一天警察会找到英令奈追问她。在这之前，我们还是应该提前处理好。"

"嗯，那就帮了我大忙了。"

"那么，继续工作。"

晴子恢复了平静的表情："今天聊得很开心。"

"那太好了。"

我正打算回病房。

"另外，"晴子低沉地说，"那个男人死了，我松了一口气。"

我停下脚步，看看周围后点了点头："我理解。"

"我知道渡部先生和土生井先生帮我找过了。谢谢。"

"这么说的话，辛苦就会得到回报。在炎热的天气中挖洞和长时间听取情况也值得忍耐。"

我们回到了病房。我发现病房里患者们的视线都在追随晴子走路的身影，太奇怪了。

土生井还在睡。我不知道他什么时候会醒。晴子最好还是先去土生井的家里处理一下事情。我正要提出这个建议的时候，电话来了。

显示是叶田。警察联系他了，所以才打过来的吧。我甩掉了刚才一直对叶田抱有的怀疑。

"失礼了。"我避开晴子，再次去走廊接了电话，"我是渡部。警察和您联系了吗？"

"嗯，是的。"

"对不起，我把您卷进来了。"

"不，没关系。没什么大不了的。今天早上很早神奈川县警察就联系我了，'山间小屋'被拿走了。因为是警察，所以我也没办法。"

"是啊。在那之后不久，才知道了尸体的身份，新闻里播了。"

"啊，是吗？我现在在工作室，所以没看电视。回头看看吧。但是，今天打电话是要说另外一件事。我刚才想告诉你，蒲泽君又寄来了包裹。"

我又吓了一跳。从昨天开始连续发生了好几件令人吃惊的事情。正如土生井的预言那样，蒲泽似乎又行动了，而且还很快。就好像蒲泽确信黄桥的事情很快就会被发现一样。但这样叶田就确定是清白的了吧？正如刚才我想象的那样，如果叶田是犯人的话，应该不会跟我联系。

"已经来了吗？是展示会用的作品吗？"

"嗯，是的。我打算告诉警察，但我觉得在那之前应该先让你看看。"

"谢谢您的关心。"我致以最大的敬意，"那么，我马上去拜访您。大约一个小时，不，应该是一个半小时后，可以吗？"

"啊，我等你。"

"那么稍后再说。"再次对怀疑叶田感到抱歉，一边挂断电话，一边再次表示最大的敬意。

回到病房，我对晴子说："叶田先生联系我说又收到了蒲泽的作品。据说会先给我看再拿给警察看。"

晴子脸上露出愉悦的神情："真的吗？好像还有什么线索？"

"恐怕是的。所以，我想现在马上去。"

"拜托了。土生井先生就交给我吧。"

"谢谢。"

我快速离开了病房。

# 第三、第四件作品

下午四点十分后，终于到了位于田端的叶田工作室。首先说明了厚木尸体身份判明的事，不过，暂且没告诉他是英令奈父亲的事。

工作台上放着比上次大了很多的纸箱。看上面贴着的发票，清楚地知道有蒲泽新次的名字，品名果然还是"展示会用作品"。

在我的注视下，叶田慢慢地打开箱子拿出了作品。

那是一个可以完全收进双手的、小巧的船的立体模型。但是，一眼就知道是奇怪的作品。说是船却不在水上，是一只十厘米大小的渔船。骑在半个骨架剥落的建筑物上，周围散落着瓦砾。一看就是一件杀气腾腾的作品。金色的标题牌上写着"311"。

数字和风景是有印象的。在二〇一一年的东日本大地震中，海啸袭击了城镇。这一定是之后的景象。我记不清地名是相马还是气仙沼了。但废弃的房屋上渔船搁浅的照片给我留下了深刻的印象。标题明确表示了地震灾害发生日"三月十一日"。

对纸店来说，那场地震也是一件大事。我想起了震灾一年后我去访问宫城县的石卷工厂。那地方曾经有"日本造纸石卷工厂"。

石卷工厂是包揽全国漫画和文库本纸张的主要工厂。如果停产的话，将会对日本的整个出版业造成巨大打击。然而，由于海啸的直接袭击，工厂的各个角落都沾满了海水和瓦砾。淤泥渗透到了用于制作精细印刷纸的机器的细微部分。

工厂被认为是完全死翘翘了。但是，出版无法停止，全国的纸商都在为确保库存而奔走。一时性地转换流通和交易，争取与其他厂家的合作等，一边走钢丝一边设法阻止地震对市场的影响。

在这期间，由于工厂人员的努力，石卷工厂仅仅用了半年时间就复兴了。我们纸店真是捡回了一条命。为了一年后听取相关报告和说明，作为一名参观者，我参加视察旅行的时候，在完全复活的心脏"八号抄纸机"面前，只能垂下头来。

我结束了关于震灾的回忆。

"明显这是以东北海啸之后为主题创作的，虽然不知道具体地址。"

"大概是女川吧。这座建筑物总觉得和某某核能中心很相似。"叶田说。

这么说也许就是女川。我在石卷工厂视察的时候，这也是个让我驻足观看的地方。海啸集中在狭窄的海湾上，高度出奇。当然视察的时候，瓦砾已经全部被拆除，只有空旷的土地蔓延。我想起我把车停在丘陵上受灾比较轻的"地区医疗中心"的停车场，越过栅栏俯视着港口双手合十的情景。

"但是为什么是这个场景呢……"

叶田扭了扭脖子："首先，确实把我的展示会主题'迷你小屋'

和'废墟'包含在内了，但是信息性明显很强。这个作品好像也有什么谜团呢。"

如果标题为"311"的这件作品表现了东日本大地震的话，那么黄桥、山中小屋的标题"612"也是什么日期吧。是指杀人当天吗？总之，这艘船也应该藏有某种装置。

"失礼了。"我把手伸进立体模型的底部试着将它举起来，"真小啊，这艘船。"

我平视着，在红锈斑斑铁骨飞出的即将崩塌的废弃房屋中，看不出里面有什么东西。完全是一片混乱。船也是，被抛弃了一样的涂饰，也看不出有什么特别装置。

"我不太清楚这艘船的模型，大概是市场上卖的吧。可能是 N 量规。"叶田说。

"可以摸摸吗？"

"啊，您请。"

为了慎重起见，我摘下了船中央的操舵室部分，试着往上拉，还是纹丝不动。好像也没有螺丝，完全粘在一起了。分解是不可能的。

我把立体模型放在了工作台上。

"这次什么都没做呢。"

"是吗？"

我又转了一圈，并取得了摄影许可。前后左右及模型的上面，当然台座的背面也都收录在照片中。

"拍好了，非常感谢。还有，请允许我跟家里人联系一下。"

打开 LINE，在和土生井的聊天界面上传了六张照片。虽然觉得没什么能做的，但是早点发送也没有损失。姑且把信息也写上。

"身体怎么样了？叶田先生家收到了蒲泽的新作。我先把图像发给你。据说比例尺是 N 量规。"

信息马上就显示已读了。晴子已经把手机带到病房了吗？本以为他还不能回信，没想到马上回复了。

"辛苦了，我是曲野。土生井先生醒了，身体状况也有恢复的迹象，不过，姑且先让我操作手机，把他要说的发给你。"

"吓我一跳，是曲野啊。辛苦了，那麻烦你了。"

"这是土生井先生的留言：请确认张力线是不是头发。"

"张力线？头发？"我反问他，"我不明白张力线的意思。"

等了半天，听写好像花了不少时间，终于回信来了。

"桅杆上挂着好几根绳子，那应该就是张力线。

"小规模的舰船模型的话，使用人的头发再现是古典的手法。

"手头就有还很结实，和黏合剂 C 很相配。"

我不太懂。说实话，我甚至觉得这有点猎奇。靠近眼睛看，好像不是头发。

我问叶田："这条线是头发吗？"

"哪一个？"叶田拿着放大镜观察着，"嗯，好像是的。"

果然是这样，我赶快给土生井回复了信息。

"像是头发。"

"那么，交给警察的时候，请拜托他们鉴定 DNA 吧。

"我不想这么想，但这可能是英令奈的头发。"

原来是这样，代为传达的晴子也很震惊吧。

"我明白了。"

"不要太担心头发。"

"谢谢，还有其他什么吗？"

"据说目前就这些。如果想到了什么的话，还会再发信息的。"

"我明白了，也非常感谢曲野你了。"

"请不要太纠结。"

"我今天也回家。"

"知道了。请小心。"

我关上 LINE，转向了叶田。

"差不多该告辞了。在把作品交给警察的时候，请一定要告诉警察这条张力线是毛发。也许是第二个牺牲者的。我觉得鉴定一下DNA 就可以知道了。"

"哎，第二个牺牲者？"叶田瞪大眼睛，"我知道了，我会这么说的。"我把手搭在门把手上的时候，门铃响了。是叶田新来的客人。

叶田打开门，发出了意外的声音："哎呀哎呀！"

我倾斜身体让开路。门外站着一个穿着西装的高个子男人和一个穿着钓鱼马甲的男人。

两个人都翻开黑色的证件簿给他看："我们是神奈川县警。"

是刑警。

"那我先走了。"我想出去。

"咦，你们没提前联系过我呀，而且还是和刚才不同的警察。"叶田说。

"渡部先生，"后面有人跟我打招呼，"能不能再待一会儿？"

回头一看，我还记得那张脸。对了，昨天也在厚木警署向我听取情况，确实是一位叫石桥的刑警，穿的衣服也一样。

"什么事？"

"不好意思，我已经确认了您的行动。那么，您来这边有什么事？"是穿着西装的刑警。虽然语言很有礼貌，但是有种冷淡的感觉。

听他说"行动确认"，也就是说，是在跟踪我吗？果然我被怀疑了。

叶田说："又有可能成为线索的作品寄到了，所以我们一起看了。我正要联系警方。"

"你们俩是什么关系？"西装刑警说道。

我说："我在厚木应该说过。"

石桥刑警说："请再说一遍。"

我把从白房子的立体模型发现河津樱的叶子，好不容易找到了模型之家和叶田的制作教室，在叶田的工作室看到了黄桥的立体模型，去了厚木后发现了尸体的事情又说了一遍。这确实是第五次了，所以说得很流畅。第一次听我说话的西装刑警做了详细的笔记。

叶田指着渔船的立体模型说："这是今天刚送到的作品。"

"是船吗？"

"是的。"

西装刑警说："这件作品，其实不是送来的，是不是一开始就在这里？"

"怎么会……"叶田一时语塞。

我早就放弃怀疑叶田了，但是刑警们好像还在怀疑。对我和叶田两个人都怀疑。

就在这时，门铃又响了。所有人都回头看门。

叶田开门后，快递员站在那里。

在纸箱发票上签名的叶田拿着箱子回来了，放在我们面前的工作台上说："又是蒲泽君寄来的。"

我们看了发货单。和之前一样，品名为"展示会用作品"。

石桥说："真的送来了。"

"你也可以自己寄给自己。"西装刑警始终不让步。

石桥说："算了算了。叶田先生，能打开看看吗？"

"可以。"叶田立刻开始打开纸箱。一看拿出来的东西，大家就立刻惊叫起来。

那是飞机的模型。但是这次能否称之为立体模型还是很存疑的。透明的塑料板把四周围起来。上面和下面用厚约五厘米的蓝色泡沫塑料一样的板子堵住。

在那之中，白色的躯干上斜插着蓝色和淡蓝色线条的客机，被固定成垂直坠落的样子。机首部分插进了发泡苯乙烯。这种景象只能在坠落的瞬间看到。怎么看都不吉利。但是，即使是外行，也能感受到相当粗糙的印象。发泡苯乙烯没有进行任何表面加工，客机本身也有瑕疵。

而且没有标题牌，只是上面的发泡苯乙烯上用黑色魔术笔写着

"918"。这就是标题吗？

"918？"西装刑警说。

石桥说："即使是同样的飞机事故，美国同一时间发生的恐怖事件也是911，所以没有关系。"

"恐怖活动刚好一周后吗？"

多管闲事的我说出："也许是在告诉我们接下来要发生的事。"

不是吗？因为那艘船的立体模型是311东日本大地震，所以在山中小屋里612大概是在小鲇川杀人的当天吧。然后就是这个"918"。

"也就是说，你想说下次九月十八日飞机会坠落吗？"

"也就是下个月了吧。但是，到底是谁为了什么而让飞机坠落呢？"

"如果是谁的话，当然是蒲泽想要告发的人物吧。但是我不知道理由。"

石桥说："如果那个假说正确的话，场所在哪里？"

"最好马上回本部召集人讨论一下。"西装男说，"我需要带走证据。"

"啊，请稍等一下。"我急忙按下了手机的快门。

"你是在妨碍搜查。"西装男很快就开始包装了。

结果只拍了一张。刑警们各自抱着一个装着渔船和飞机立体模型的纸箱。

"啊，船的桅杆处的铁丝是用人的头发做成。请一定要进行DNA鉴定。也许是新的牺牲者的东西。"

两个刑警面面相觑。

"真的。我也觉得看起来像毛发。"叶田说。

"请一定要调查啊！"我叮嘱道。

# 复活的土生井

　　从叶田的工作室出来，一边朝车站走一边看手机。LINE 很快就来了。现在晴子是土生井的代理。

　　"辛苦了，我是曲野。因为是病房，所以会继续在 LINE 上讲话。由于是 N 量规，定为刻度的话是一百五十分之一。

　　"顺便说一下，据说这种小型立体模型叫 Vignette。

　　"标题为‘311’，所以是东日本大地震的情景。很明显表示了海啸的灾害。

　　"话说你看到渔船的船名了吗？

　　"因为是蒲泽先生，所以毫无疑问会成为某种启示。"

　　晴子原本是委托人，却完美地完成了代理人的任务。不愧本职工作就是做秘书的。我走到树荫下，放大了刚才上传的照片。

　　写着"第一晓海丸"，用作船的名字似乎很有可能。我将它发送过去。

　　"辛苦了。

　　"写着‘第一晓海丸’吧。"

刚到车站前，晴子就发来了信息。

"用'第一晓海丸'和'晓海丸'搜索了一下，好像什么也没有。这可能是艘虚构的船。"

"也就是说，想传达的是船以外的什么东西。"

"没错。用'晓海'检索过了。土生井说：'我不想关公面前耍大刀，渡部你自己搜搜看。'不是普通的检索，而是在地图上检索一下比较好。"

"我知道了。"

我暂时关闭 LINE，打开了谷歌地图，将"晓海"打入搜索窗口，按下检索按钮。

一个，或者说是搜出了一栋房子。在靠近神奈川县平冢市海岸的地方画了记号，显示着"第二晓海苑"。

看着地图觉得就这样一直北上，不就到厚木市了吗？关闭地图，重新在"第二晓海苑"中进行常规检索成功了好几次。好像是儿童福利设施。我再次打开了 LINE。

"搜到了平冢的儿童福利设施。"

"是的。"

"而且离厚木很近。"

"是的。"

"也许'第二晓海苑'和曲野小姐被杀的继父有关系。"

"土生井先生似乎也这么认为。而且英令奈因为某种原因很可能会在'第二晓海苑'。"

"英令奈在那里工作吗？"

"大概是的。"

"这样的话，恐怕英令奈现在也不安全了吧？"

"敌人的敌人是朋友。"但是杀害继父的犯人这次可能是想策划坠机。虽然不想给晴子的期待泼冷水，但我不得不说。

"但我不明白她为什么不联系你。"

"一定有什么原因吧。"

"我还是很担心。"

"我觉得渡部先生工作过度了，请稍微休息一下。"

"谢谢关心。"

"可是为什么是'第二'呢？'第一'在哪里？"

"确实。船是'第一'吧？"

"很在意吧？"

"是啊。"

"土生井先生说暂且到此为止。"

"请稍等一下。"

"怎么了？"

"其实刚才叶田先生收到了新的飞机模型。

"现在马上发给你们。请稍等。"

我很快就打开土生井和晴子的对话框，过了一会儿收到了晴子的回信。

"土生井先生也在看，只有一张吗？"

"很遗憾。警察很快就拿走了实物。"

"我明白了。

"土生井先生的感想是'迄今为止最粗糙的印象'。他说看起来像是慌慌张张做出来的。"

"我也是这么想的。标题为'918'，如果是飞机事故的话，会想起美国同时发生的多起恐怖事件，但那里应该是911。你觉得呢？"

有一段时间没有收到回复，我一边走一边等着。不久，就收到了一段很长的回复。

"据说客机不是恐怖袭击时的波音飞机，而是AIRBUS（空中客车）这一制造商的机体，在模型上据说使用了二百分之一比例的飞机套件。机体本体被称为Monaka，据说是将零件在正中间贴在一起的样式，但一般情况下贴合处基本就是用泥等填满，然后用锉刀锉干净。但是这个完全没做。据说还是刚成形的颜色状态，连涂装都没有。只是将各个零件粘在一起，贴上被称为附属的大型水转印式贴纸就完成了。"

"也就是说，只能认为是紧急制作的。"

我觉得不愧是土生井，只看了一张照片就分析了这么多。

"我也觉得做得很急。"

"垂直下降，暂且与世界贸易中心大楼和美国国防部没有关系。"

"是啊。其他部分怎么样？"

"为了保护飞机模型，贴上了透明丙烯板。上下的盖子是绝热材料的泡沫塑料，但是地面部分并没有像之前的作品那样用泥土来表现的东西。"

又等了一会儿。

"是为了尽快传达什么而制作并送过来的。"

"我也有同感。所以我也跟警察说了，我想这是不是新的预告？"

"土生井先生说：'918飞机坠落？也就是说，犯人会在飞机上安装炸弹或者劫机？但是那是为了什么呢？'"

"我也不知道。"

又过了一段时间，土生井终于回信了。

"因为这件事还有一个月，所以再等等吧。警察也在行动呢。"

"我明白了。总之为了寻找英令奈的线索，我想最近抽出时间去'第二晓海苑'看看。"

"谢谢。今天请好好休息。"

最后土生井的号码发来了安慰的留言。我仿佛看到手机那端一头亮丽黑发的晴子深深地鞠躬的样子。

# 第二晓海苑

到了第二天的十六号，对我来说，动荡的盂兰盆节假期结束了。完全没有休息过的感觉。

有关晴子的委托还有很多需要担心的事情，我姑且先去事务所上班了。回复了几封工作邮件后，在酷暑中，我乘坐中央线去了四谷。为了去听取原本就没抱希望的 KADOKURA 出版的《MS 年鉴》的投标结果。

参加竞标的十来家纸商将分别从资材负责人那里拿到结果，轮到我的时间是十点十五分，进入指定的小会议室，可以看到有两个资材科的负责人在桌子对面等着。我觉得反正也没戏，所以像往常一样带着轻松的心情进了房间。

"恭喜！"

我吓得叫了起来："真的吗？"

"请允许我们在正文纸的 A2 外套上使用贵公司提案的 OK TOP COAT+，请尽快安排。但是封面、环衬的纸使用的是其他公司的，还请谅解……"资材负责人的话，逐字逐句慢慢地渗透到我的心里。

尽管如此，我还是怀疑自己的耳朵。因为我没想到我提出的价格能赢。但是眼前的两个人眼神非常认真，是认真的。看来其他公司的状况也很够呛啊。

如果是正文纸的话，需求会很多，而且是价格很贵的 A2 OK TOP COAT+ 纸。虽说是折扣价格，但如果能接到这个订单的话，对我们这样的小公司来说，一次就相当于半年的销售额，简直和中了彩票一样。

"谢谢！"我一边擦着额头一边向对方道谢。

我兴高采烈地回到了新宿站，奢侈地乘坐了公共汽车。今天呢，或者说暂时一段时间不用工作也可以，心里兀自开始吹嘘。

我知道，一半是借口。但是今天可以暂时放下工作，把下午的时间全部用在副业上，去调查"第二晓海苑"。

首先拟订了作战计划。今天是工作日，即使不预约，"第二晓海苑"也会开放吧。做到出其不意很重要。怎么做才能突然接近儿童福利院呢？比如提出我想捐赠什么东西可行吗？我觉得应该可以。

我瞅了瞅洋纸样品的架子，只是排列着一捆捆纸张而已。虽然是我们的生意道具，但我觉得这是一个非常煞风景的架子。我又进一步确认了样品杂志的架子，女性杂志、文艺杂志、时代小说和色情杂志等。净是些小说的文库本、企业的宣传杂志等，找不到可以带去给孩子们的伴手礼。

就在这时我突然想起来了。以前在公司的时候，经常被出版社委托做装订样本，是用公司内部老旧的装订机手工制作的。装订样本是指出版社出版杂志和单行本时，根据设想的版型和页数，使用选定的纸在印刷前制作出用于确认的样本。根据样本来确认实物拿到手里的感觉，易翻性，重量，厚度，等等。

以前，我看到过客户中出版社生产管理部的负责人把用过的装订样本代替笔记本使用。与人商量的时候，在素色的白纸上做笔记、计算、作图等。当时，他用了一捆纸的装订样品，评价说："很难写。"如果要用于书写的话，最好是没有外壳的优质纸。

优质纸捆扎的样品太多，散装的样品差不多都得扔掉了。可以拿来做孩子们的涂鸦本、草稿本，也适合随手涂鸦。

我准备了两个结实的纸包，尽量装得满满的。想起抽屉里还有两盒五条制纸的扑克牌，也一并找来扔了进去。我试着双手提了一下，感觉肩膀会因为重量而脱臼。

我再次坐巴士回了新宿站，顺便去平时常去的荞麦面馆，奢侈地吃了三种天妇罗。填饱肚子一切准备就绪后，跳上了湘南新宿线开往小田原行的快速列车。今年夏天也有和大海完全无缘的预感，但看起来不会是这样了。虽说是夏休的后半段，但是随着大海的临近，越来越多潇洒的海滨游客仿佛在说："三伏天大浪和水母都搞不清楚吗？"

十二点半以后到达了平冢站。是第一次来的街道。从地图上看，位于相模湾的海岸线的正中央，西边是大矶，东边是茅崎，好像海滨游客都聚集于知名度比较高的两边，平冢车站周边的繁华和亲切感目前还差一点。

车站前有一个很大的旋转木马，前面是连接大海的马路，笔直地延伸着。周围的大楼看起来是被再开发中。

离开旋转木马，沿着西南方向的住宅街小巷走。装了洋纸样品的纸袋非常重。后背就像遇上骤雨一样汗淋淋的，很不舒服。穿过很长的防沙林，夏蝉的叫声不可思议地消失了。是因为树吗？

前面是两间蓝色铁皮屋顶的破旧平房。那就是"第二晓海苑"，终于到了。那里可能有英令奈和蒲泽以及"杀继父之人"的痕迹。

建筑物前面是广阔的运动场。有一个将卡车轮胎埋入地面一半的游乐设施。

向门的方向望去，锈红了的门关着，大白天还挂着锁，很奇怪。里面有人居住还从外面锁上，这里应该不是学校和保育园之类的地方。

我看到了旁边的招牌，用黑色塑料袋轻轻覆盖着。我有种不好的预感。转了两圈，看了预制装配屋的窗户。窗帘不见了，透过透明玻璃可以看到室内。家具之类的完全没有，墙壁上什么也没贴，只能看到木制地板。完全没有人居住的痕迹。

只能认为是搬家或是夜里逃跑了。

我提着好不容易可以放下来的纸包，没办法了。完全是无用的行李，一瞬间重量仿佛突然增加了一倍。

虽然是在周围闲逛了一段时间，但因为太阳的照射，灼热而沸腾的脑神经终于开始工作了。这种时候，如果是专业侦探的话，应该会找人打听一下吧。我决定寻找一家合适的店。

向西走三十米左右，有一家玩具店。店前悬挂着褪色的大小浮轮、沙滩球、护目镜、水枪等海水浴用品。建筑的样式看上去有年头了。我估计这家店对附近的情况也很熟悉和了解。于是我走了进去。

从里边出来一位面容成熟的中年妇女，身材好得让人以为是沙滩球队员。她大概是店主吧。

"对不起，我不是来消费的。"我拿出名片事先说道。

"啊，是纸张鉴定师吗？"

"请问这前面是有家儿童福利院吧，第二晓海苑。"

"是的。但已经搬走了。"

我用手帕擦了擦额头上的汗："果然。什么时候的事？"

"就在今天早上。大概九点前吧。大家一起坐着大巴士出去了。"竟然是三四个小时之前，我迟到了吗？！

"搬到哪里去了？"

"我不知道啊，也没有特意问。来这里已经三年了，怎么会突然搬家呢？"

"三年吗？"我很意外地回答道。

"是啊。是因为之前的地方遭遇了灾害才来这里的……"

"灾害？"这个话题我不能错过，"那到底是怎么回事？"

"嗯，详细情况我不太清楚。"

"是吗？"我想哪怕是一点点的碎片也好，我需要再得到一些线索，于是又继续提问，"那么搬家的巴士，你知道开往哪个方向了吗？"

"方向啊——"女店主一眨眼，啪的一声拍了一下手，"这么说来，有一个孩子说中途要去迪士尼乐园。"原来是向东边去了。

我起码要先坐巴士去千叶，问题是之后怎么办。如果"杀继父之人"要实施那个飞机立体模型所预言的事情的话，那么果然是要从成田机场坐飞机吗？

我再三思考。因为决定要在下个月实施，所以会在成田机场附近停留吧。

或者因为时间充裕也可以考虑羽田机场。不，考虑到若是时间充裕的话，其他大部分的机场都会成为候选。我先打消了这个念头。

"是吗……晓海苑的孩子们来这里买过东西吧？"

"嗯，塑料模型卖得很好呢。"

我操作手机给她看了英令奈的照片："你见过这个女孩吗？"

女店主把眼镜放下仔细看了之后说道："见过，确实来过一两次。因为是最近才来的孩子，所以名字我不太清楚。但她不是小孩子，所以我觉得不可思议，是来打工什么的吧。"

果然英令奈在这里！

"她有什么奇怪的地方吗？"

"这么说来好像没什么精神。怎么说呢？"

"是呆呆的吗？是忧郁症状态呢，还是别的样子呢？"

"还有一个人。"我继续问，"晓海苑里有一位三十多岁的男性叫蒲泽吗？"

"三十多岁的人好像有两三个，但是没听说过那个名字。"女店主爽快地回答。

"是吗……"我本想结束提问，但又想起了一件事，"晓海苑里有绿色的车吗？"

"是的，有啊。虽然不知道是谁的东西，但偶尔在我眼前跑。那是已经做成了迷你车模的马自达跑车。"

不愧是玩具店，果然这里有 British Green 的 Roadstar。没错，"杀继父之人"就在这里。

已经没有问题要问了。就这样结束对话，而且必须尽快考虑下一步的行动。

刚要回去的时候突然想起来，就从纸袋里拿了五六本优质的装订样本和两盒扑克牌递给她。"这是给您的谢礼，请收下。"

女店主一边伸手一边问："这是什么？"

"装订样本，啊不，自由账簿之类的东西。也可以用于做笔记。还有扑克也请收下。这个千万不要在店里卖，因为是非卖品。"

"是可以给我的吗？"女店主啪啦啪啦地翻着装订样本。

"我还有一些。"

"不不不不，够了够了。"

行李并没怎么减少。我还得找地方扔掉它，又为此发愁起来。

# 信

走到"第二晓海苑"附近的时候，我听到背后有脚步声。回头一看，两个男人正向我走了过来。

"啊!"我吓了一跳。

"哎呀，竟然在这种地方碰到了。"一个穿着钓鱼马甲的男人对我说，是石桥刑警。

"您才是吧，又在跟踪我吗？"我说。

"不要胡思乱想。"另一个男人，是穿西装的刑警。

"你们为什么来这里？"

"还是你先告诉我们吧。不过，烈日当空，我们去阴凉的地方吧。"

我没办法，只能跟着领路的两个人。纸袋子越来越重了，走了十米左右有一所小学。防球栅栏的南端外边有一个不起眼的小派出所，我又感到一阵厌烦。

桌子上放着巡逻时留着的写有"暂时离开"的板子。刑警们不管三七二十一就走进去，扑通一声坐在了折叠椅上，屋里热得要死。

石桥打开了挂在墙上的电扇开关。

"那是什么？"西装刑警指着我的纸包。

"这是纸的样品。"我拿出两三个装订样品打开给他看。"因为是白纸，所以可以用来做笔记。你想要的话就送给你。"

"不用了。我们不能接受任何东西，你为什么在这里？"

"为什么呢？"我反问了。

西装刑警把圆珠笔和复印纸放在了桌子上："你乘坐的是什么电车？小田急线还是 JR？请写在这里。"

为什么要问交通工具，还非让我写下来呢？

石桥说："写吧。"

我勉勉强强写了"湘南新宿线开往小田原行的列车"。

"接下来，写这里是什么地方。"

"不是平冢吗？"

"那你就这样写。"

我又不情愿地服从了。

"接下来写地址。"我越来越觉得可疑，写下"东京都三鹰市深大寺"。

"最后……请写上'野球（棒球）'。"

"这到底是什么游戏？"

"行了！叫你写你就写！"

石桥对西装刑警说："这样就可以了吧。"

西装刑警接过复印纸，在我写的文字中，用圆圈圈住了"小""野""寺""平冢"。

接着从包里拿出了文件夹，从那里抽出装在塑料袋里的纸，两个人拿这个和我写的复印纸并排比较着。

石桥嘟囔了一会儿："好像不对……"

"到底是要干吗？"我加强语气再次问。

西装刑警举起塑料袋说："这不是你送过来的东西吗？"

不知为什么石桥关上了门，房间里又热了起来。

"那是什么？"

西装刑警开始读纸上写的内容："厚木杀人事件的犯人是平冢晓海苑的小野寺院长。"

这不是在直接指证犯人吗？蒲泽终于忍不住了吗？因为第二晓海苑要搬家了，突然很着急吧。

不，不对。现如今没有这样的了吧，这不就是电视剧里经常听到的"向警察机关举报"吗？但是，到底是谁呢？

石桥说："刚才我看见你在'第二晓海苑'周围徘徊，为什么要去那里呢？"

看来我这次被怀疑成告发者了。认为我是厚木事件的共犯吗？正是因为这样，蒲泽才不断地送来立体模型，难道他想说蒲泽的真实身份就是我吗？偏离目标也要有个限度，我觉得太难缠了，没办法只好坦白了。

"我仔细调查了那艘渔船的立体模型。船名为'第一晓海丸'。所以在'晓海'的搜索中，好不容易找到了那个儿童福利院。"

"原来如此。""欸？"两名刑警面面相觑。对我的怀疑消除了吗？

"小野寺是个什么样的人？我记得刚才您提到了院长。"

石桥沉思了一下，好像下了决心似的说："小野寺是'第二晓海苑'的院长，也就是负责人。在儿童福利院之类的地方散发着异味的家伙到处都有，而且他三十几岁了看起来还是很年轻，讨人嫌的事情想必也很多吧。这封信不也是那样吗？肯定是看到新闻后硬着头皮进行诽谤中伤。我们只是为了慎重起见，而进行了调查而已。"

石桥似乎已经不想使用敬语了。然后他说，这是一封不足以被当作密告的信。

我说："我的意见有点不同。在厚木发现尸体之前，在谷歌地图的街道视图中搜索过小鲇川附近，曾经看到过绿色的 Roadstar。摄影时间显示是今年五月。这是我认为有尸体存在的根据之一。但因为作为证据太牵强了，所以不敢说出来。但是就在刚才，我知道了晓海苑里也有一辆神秘的 Roadstar。去查一下就知道了吧。有可能是一个长得像是小野寺院长的人在杀人的时候去过现场。证实了信里的内容吧？"

两个刑警互相看了对方一眼。

我继续说："这样的话，你们就想找到那封信的主人了吧？我是纸张鉴定师，请让我帮忙，能给我看一下那个吗？"

"不行。"

西装刑警刚一出手，我就从桌子上抢过来一个塑料袋。

"喂，你在干什么！"

我说着"别急别急"，从胸前口袋里拿出了二十五倍显微笔，摆在他们面前。那是纸商随身携带的七个道具之一，像显微镜一样。

为了夺回证据而正准备出手的两名刑警，慌忙做出身子向后仰的动作。大概是以为我会吹出箭之类的东西吧。我隔着塑料袋用显微笔观察着纸张。

其实没必要使用工具，纸上用圆珠笔写了几个字，将纸透过光线看了一下，发现很细。我看到了"簾目[1]"上等距排列的线条，有透明感的白色，指尖感受到细微的凹凸。

我高声说："这个信纸是三菱制纸 Stationery 的 SPIKA LAID BOND。"

"斯皮卡……"西装男像是在发呆似的重复着。

"SPIKA LAID BOND 是一种纸质紧实的'BOND 纸'，适合作为书信纸使用。此外，通过加入水印字符来保证品质，也用于证券用纸等。不管怎么说，最大的特征就是被称为'LAID 直纹'的条纹图案。"

还残留着抄纸[2]时的网眼线条。

我举起纸说："看，里面有细条纹。每隔 2.5 厘米就可以看到粗线条。这是 SPIKA LAID BOND 的特征。根据场所的不同，'SPIKA'的水印文字清晰可见。"

"嗯，然后呢？"

我继续观察，信纸的上端有被撕下的痕迹。被切断的线是一行横写的字，好像不是用剪刀而是用指甲处理后用手撕下的。从这一

---

1. 簾の目，指和纸，也是传统工艺品。
2. 把熔化的原料在造纸机的网眼部脱水，是将纸浆制成纸张的工艺过程。

点可以看出什么？我决定仿照土生井进行推理。

信纸的上端被裁掉了，大概是想把那里的东西藏起来吧。那么发生了什么？一定是信头。也就是说，在企业或组织的信纸上经常会有标志性的标记。另一方面，信封是随处可见的茶色信封。实在是不配套，收件人姓名只写道"神奈川县警搜查一课御中"。

发件人可以使用某个组织或设施，比如公司或酒店等地方的信封，但是因为不想留下什么线索，所以就把信头剪下来，使用了便利店等地方买到的商品，信封与信纸不是成套的。总之他当时很慌张。

那么是哪里的信封呢？我认识一家擅长特殊纸张的纸商，决定咨询一下竹尾株式会社。

这家公司的营业员高桥在以前的公司的时候，曾和今天早上也拜访过的KADOKURA出版社有业务往来。

作为十家纸商友好团体的"KADOKURA出版材料筹措小组"的成员，我们两人打过交道。因为和高桥是同龄人，他比我更钟爱魔术表演，所以在酒席上经常交谈。

我决定马上打个电话看看。

"等一下，你想打给谁？"西装刑警制止了我。

"这张信纸的出处，我想找认识的纸店咨询一下。"

"这样你就明白了吗？"石桥说。

"大概八成。"

两名刑警相视，半信半疑，沉默了下来。我在两个人面前拨通了高桥的手机，对方马上就接听了。

"我是渡部，好久不见。"

"呀，渡部，好久不见。那边的工作怎么样？"高桥还是用中性的语气说，声调也很高。

"还凑合吧。"

"那太好了。你和自然堂的社长千金和好了吗？那个巨乳的。"

我的内心又隐隐作痛："你可饶了我吧。"

"这样啊，那真是对不起喽。贵公司有什么事？"

"我想问一下，三菱的'SPIKA LAID BOND'是什么公司的专用信封啊？"

"Letter Set？啊，信封信纸啊？确实有一家公司。应该说是一家酒店。对，是 KAPPA 酒店。"

那是在全国都有分店的知名商务酒店机构。

"只有那里吧？"

"是的。"

"谢谢。"

我挂断电话对刑警们说："好像只剩 KAPPA 酒店了。"

"KAPPA 酒店吗？确实平冢车站前也有一家。"

"信件也是平冢邮局处理的，用快递寄过去的。发件人是想待在酒店观察事件的进展吗？"石桥说道。

"马上派搜查员过去吧。"

"明白了。渡部先生，谢谢您的协助。"

"请稍等一下，"我慌慌张张地说，"关于那架飞机的立体模型怎么样了？"

"又是那件事吗……"

"你不是协助调查了吗？"我坚持说。

"我当然记得，好像有人在妄想让某个飞机坠落。"西装男冷冰冰地说。

"蒲泽制作的立体模型清楚地显示了厚木事件和晓海苑的存在。所以我不认为与那个飞机模型没有任何关联。虽然不知道是不是小野寺，但晓海苑里有杀人犯，要是他想让苑里的孩子们和飞机一起坠落的话，会怎么样呢？"我自己说着说着就焦急了，"怎么可以在这种地方悠闲度日。"

"说是九月十八日的是你吧？"西装刑警说。

"不，那只是个假设。现在'第二晓海苑'不是空壳吗？"

"你觉得县警只有我们两个人吗？已经有人去成田机场或者羽田机场了。"石桥说道。

"是吗……"我恢复了冷静，"其实，我在搜索的人也有可能坐飞机。"

石桥宽慰地说道："你虽然也在担心，但之后就交给警察吧。侦探游戏到这里就结束了。"

我执拗地说："那么就拜托了。"

## 第一晓海苑

我们出了派出所，各自向相反的方向走去。太阳开始西沉。我觉得很累，想尽快扔掉纸袋回去。我到处徘徊，在找扔垃圾的地方，结果还是回到了"第二晓海苑"附近。

我停在空空如也的"第二晓海苑"前，在快要化了的柏油路上放下纸袋，拿出手机，打开 LINE，向晴子报告今天到目前为止的进展。我造访了"第二晓海苑"，发现这里的人搬走了，被警察告知有人说小野寺院长是杀害你继父的犯人。警察根据我的推理正在调查 KAPPA 酒店。马上就显示已读，回信来了。

"这么炎热的天气，您辛苦了。"

"本以为终于能找到英令奈了，可惜他们搬走了。

"关于小野寺院长，警察的搜查也在进行中。如果是搬家的话，政府也会进行调查的。请不要泄气。"

"谢谢。土生井先生刚才也了解了经过。给警察的信，可能是蒲泽，也可能不是蒲泽，是这样的吧？"

"是啊。我想只能先看警察的进展了。"

"那么，回去的时候请小心。这边没问题的。"

"谢谢。"

我放下手机，双手抱着纸袋走了出去。

尽管如此，我竟然完全把土生井交给了晴子。如果是晴子的话，相隔近二十岁的土生井也许会更接近亡父，心情也会变得平静。

终于到了"第二晓海苑"的后面，我发现了花园的专用垃圾堆积处。行李扔在这里就放心了。各种各样的垃圾已经堆积如山了。

突然一看，纸箱里扔了很多鞋子。所有的鞋都没有太多的使用痕迹。如果是搬家的话，一般不都会带过去吗？我不好的预感又增加了。

我想把两个纸袋丢到垃圾堆的边上。那时，我注意到了缝隙之间有一个很大的白色物体。因为职业关系，我对白色物体反应总是很迅速。

把上面的东西挪开，拉出白色的物体，不太重。我把垃圾堆弄平了放在了上面。

像建筑模型一样。有宽一米左右那么大，一座五层楼的漂亮建筑占据了面积的三分之一，剩下的三分之一是植被和广场。材料使用的是 Kent paper（纯白细腻的高级纸张）。我目不转睛地观察着，那个看起来就像是城堡一样的"纸之城"。

底座部分写着标题——"1/100 比例尺第一晓海苑 完成预想图 201X 年 12 月 4 日制作"。

"第一晓海苑"吗？这是怎么回事？制作日就在不久之前。看着模型，我发现了另一个奇怪的事情，广场中间有一块长方形的口子。我取出笔，然后把前端挂在切口的边缘上，提了起来。

不寒而栗！

那里有一个像文具盒般的长方形小坑，里面有二十个左右的小人偶，好像中国的兵马俑那样并排站着。

我的大脑混乱了，这意味着什么呢？只是在开玩笑吗？但是如果"黄桥"的例子作数的话，那里面就是尸体。二十具尸体站着被埋在了土里。

在儿童福利院的庭院里排列着尸体，我的后背传来一阵寒意。我的想象让我不由得往后退了几步。

回过神来又走近了一看，这是确凿的证据。我把它抱起来，但又停下来返回去了。暂且不说重量，搬运太费劲了。这样还怎么乘坐高峰时间的电车呢？我把模型再次放在垃圾堆里，取出手机从各个角度拍了照片。

这件事也得通知警察。从钱包里拿出石桥刑警的名片，给搜查课打了电话。我当然知道他们在移动中。最终因为不在，被要求留言。我拜托他回头跟我的手机联系。

再次打开 LINE，在土生井和晴子的对话框里，又上传了刚才拍的照片。

"多次打扰对不起。

"这是刚才在'第二晓海苑'垃圾场发现的建筑模型。

"好像是新的晓海苑，院子里埋着人偶。虽然和之前的模型材料不同，但是隐藏人偶的手法和蒲泽的做法相同。果然蒲泽在这里。"

马上就显示了"已读"，随后晴子发来了信息。

"我和土生井先生一起看了照片。

"这个模型与迷你小屋和迪奥拉玛性质不同，所以说应该是刚才的小野寺院长向建筑事务所订购了东西，由蒲泽先生负责改造的吧。"

不知什么时候晴子也开始说迪奥拉玛了。

"土生井先生说，飞机和建筑模型有密切的关系。"

"是怎么回事呢？"

"好像是等于。"

"？"

我等了一会儿。

"那架客机的迪奥拉玛在垂直尾翼部分贴着一个巨大的水转印式贴纸。从字体的感觉来看，就像航空公司的 ANA 一样，只剩下头部的 A，然后剥了下来。"

我继续说下去。

"也就是说，表示晓海苑的 A？"

"不愧是你，说得对。"

"正如预期的那样，飞机上有晓海苑的孩子们，但是那个和挖洞的第一晓海苑的模型画等号是什么意思呢？"

写完话之后我突然想到。

"是说把飞机掉在晓海苑的庭院里吗？"

"土生井先生说，小野寺这个人和 911 恐怖袭击的犯人们不同，并没有接受飞行员的训练，所以不可能精准降落。"

我向空中点了点头。

"有道理。"

"此前蒲泽先生给叶田先生送去的迪奥拉玛常常是一些暗号。不单是用 A 表示了晓海苑。"

"乘坐飞机的孩子们遭遇了什么不幸，结果变成了院子里的尸体。"

"这么想的话，可能不是普通的坠落吧！"

"如果是坠毁的话，虽然没有多少时间，但至少模型应该表现得更惨烈一点。"

"可是，在迪奥拉玛，那个飞机的机首在地面上，简直就像是用筷子扎豆腐一样漂亮地嵌入其中。"

渐渐地，我陷入了晴子自己在说话而不是在和土生井交流的错觉。

"请稍等一下。

"土生井先生好像想到了什么。"不久消息来了。

"现在土生井先生正倒挂着看飞机的图像。他说请渡部先生也那样做。"

我按照他所说的，把飞机的图像倒过来看。

发泡苯乙烯，不，是在聚苯乙烯泡沫塑料下飞机悬挂的样子。也就是说，飞机的机体看上去像是潜伏在什么东西下面。明白了！

"也就是说，掉到海里了吗？"

"不对。"

立即被否定了。我焦急地等着下一条信息。

"令人悲哀的是，我们总是对飞机有一种坠落的印象。

"说起来，可能原本就不是飞机。"

不是飞机吗？这么说来，确实迄今为止的作品也并没有表现出自己所看到的东西。

"正如之前所说，飞机是 AIRBUS A320。也就是说，是不是表示了'巴士'本身呢？"

是吗？那架飞机是"晓海苑的孩子们乘坐的巴士"吗？我马上同意了。

"也许是那样！"

"在聚苯乙烯泡沫塑料下，就是说意味着在地下。总而言之，不是表示了每辆巴士都埋在地里吗？怎么办呢？这样的话，英令奈也会被掩埋的！没有时间了！"

"为什么说没有时间？"

"请仔细看倒置了的图像里的数字！"

我再次观察了飞机的图像。

于是我愕然。

"918"是不是因为聚苯乙烯泡沫塑料上写的文字颠倒了，其实应该是"816"呢？

八月十六日也就是今天！

"我也明白了，大事不好了！"

脊上流下一道冷汗，决不能让这样的事发生。我像被弹射出去一般向车站跑去。以为还有充裕的一个月，所以疏忽大意了。虽说是结果论，但并不是优哉游哉来平冢的时候。

跑了一会儿，炎热使得身体不得不减速。重新振作精神后发出信息。

　　"有什么目的呢？"

　　"这个好像还不清楚。"

　　"让警察追踪巴士吧。"

　　"有巴士的线索吗？"

　　我想了想。

　　"如果租赁观光巴士的话，去旅行社不就好了吗？"

　　"据土生井先生说，大概是因为行踪暴露了，所以没有包车吧。"

　　"公交车不能埋到地里吧。那么，私家车？"

　　"大概是这样吧。但是，我想应该没有写'晓海苑'的字样。土生井先生说，这次是不是在什么地方买了一辆很难被发现的二手车啊。警察也没办法轻松找到的那种吧？"

　　我什么都想不出来了，土生井也同样束手无策。

　　几分钟后终于又收到了他的信息。

　　"这是土生井先生的提案，需要提前到达目的地。"

　　"您知道第一晓海苑的位置吗？"

　　"请回想一下渔船的迪奥拉玛。"

　　"是女川。"

　　"形象是女川，但可能是指遭受海啸灾害的东北海岸线。"

　　"确定是在东北吗？"

　　"通过姓氏排行榜的软件调查，小野寺这个姓氏在东北有很多，可能性很高。"

"那么，我马上考虑去东北方向的办法。"

"无论如何也要救出英令奈。

"拜托了。土生井先生和我为了寻找线索，现在开始进行更多的调查。

"所以要暂且退出 LINE 了。"

"我明白了。"

我关上 LINE，再次给厚木警署打了电话。两名刑警依然不在，这次电话员也说请我留言。我简明扼要地说明了土生井的推理，应该寻找的不是飞机而是巴士，日期不是九月十八日而是今天八月十六日，等等。

虽然不知道能传达到什么程度，总之先告知他们了。然后就急着找去车站的路。

在站台等电车的时候，LINE 传来新的消息。

"我用导航查了一下，假设目的地是女川的话，从平冢乘坐在来线¹和新干线最短要五小时七分钟。开车的话大概要六小时十四分钟。"

开车追也来不及。怎么办呢？

"我已经给警察留了言。"

"要是能和当地警方完美配合就好了。"

"要是之后车况拥堵就好了。"

_____

1. 日本铁路用语。意指新干线以外的所有铁道路线。

"或者，去哪里转转就好了我想。"

看到消息我想起来了。玩具店的女店主说有个孩子说要去迪士尼乐园。

或许小野寺是出于在死前至少要让他拥有快乐的想法和佛心吧。这条线索可信吗？如果猜对了的话，可以争取到半天的时间。我得事先传达这个消息。

"我想起来了。有消息说孩子们会顺道去迪士尼乐园。"

"真的吗？"

"是的。总之我要去东京，要赶上新干线。"

"那就拜托了。到东京的新干线还没有来吗？"

"还有五分钟左右，土生井先生说了什么吗？"过了一会儿，收到了较长的回信。

"那条渔船上写着'第一晓海丸'吧。以此为基础，我找到了儿童福利院'第二晓海苑'。也就是说，从顺序来看，有可能从以前开始就存在着第一，或者相当于第一家的晓海苑。迪奥拉玛渔船之所以表现出海啸的危害，不正说明了第一晓海苑被海啸袭击了吗？所以说，现在不是在建造新的建筑物吗？"

于是我又想起了那个女店主的话。小野寺他们以前在的地方遭遇了某种灾害。她的话证实了土生井的见解。

"原来如此，所以才故意要用'第一'的吧？"

"但是让人为难。即使在网上检索也没有信息跳出来，很难确定场所。"

"土生井先生说，一定能找到线索。"

"请告诉他，他真的很可靠。"

"就算是这样，为什么要在庭院里开个洞把人埋起来呢？"

"本厚木是活埋的。这次也是这样吗？"

"如果是活埋的话就惨了。和继父不同，孩子们没有任何过错。"

"当然英令奈也是。"

"是啊。无论如何都要阻止他。"

"绝对要把英令奈找出来。"

这时，电车开进站了。

## 到东北去


　　搭乘东海道本线高崎方向，坐在座位上。过了一会儿 LINE 的信息又来了，这次是晴子的聊天界面。

　　"我也重新调查了小野寺这个姓。虽然发源于栃木县，但在岩手县、宫城县好像有很多姓这个的。果然有可能在东北经营晓海苑呢。"

　　"这样的话，范围会扩大到岩手吗？"

　　"有可能。再给我点时间吧。"

　　"我明白了。"

　　过了一会儿，长信息来了。

　　"此外，黄桥的标题板上写着'612'，我查了六月十二日厚木周边的新闻，果然这也和灾害有关。今年那一天因为梅雨季节的暴雨小鲇川涨水，旧桥好像被冲走了很多。但是为什么只有埋着继父的黄桥没有被冲走。当然尸体也就那样留下了吧。和土生井先生说了之后，他说：'简直就是人柱啊。'"

　　"是人柱吗？

"不过是迷信吧。"

"好像是那样。我只模糊地知道'人柱'这个概念。

"在网上搜到，这种巫术，可以保护大规模建筑物免受灾害和战争的破坏。

"蒲泽先生的朋友里有一个城堡迷，会不会就是小野寺呢？据土生井先生说，以松江城为首，各地的城堡都有人柱传说。所以可能原本人柱的想法就根深蒂固。残酷的是，人柱这个巫术想要实现，活埋是最基本的方式。土生井先生说，或许只是碰巧，但也可能是继父的死起了作用才没有冲走黄桥。"

"也就是说，这次也是？"

"是的。据土生井先生说，小野寺这个人打算让新的晓海苑和以前的城堡一样，献祭'人柱'。所以打算活埋一次人。

"大概是用安眠药让孩子们和英令奈睡着之后，把整个巴士都埋了吧。"

"太恣意妄为了。

"但这是为了什么？"

"大概是为了海啸来了也没关系吧。"

"太荒唐了，疯了吗！"

"我也这么认为。"

"无论如何也要阻止他。"

"我和土生井先生赶紧确定地点。我觉得沿海地区是没错的。"

"那拜托了。"

下午三点前，我终于到了东京站。站里挤满了数量异常的乘客。

我忘了盂兰盆节假期结束了。新干线还有空座吗？没有座位的话就只能站着去。

拨开人群，急着去新干线车站。看了告示板想确认一下时间，东北方向的列车一律"暂停运行"。检票口附近的白板上贴着纸。

"通知东北方向的新干线由于车辆检查，将暂停运行东京—盛冈之间的列车。"

怎么会！竟然是在这种时候！

全身冒出冷汗。

我走近被乘客挤得满满的车站室，听取了情况。据说仙台附近的车厢冒出了白烟，因为正在调查原因暂时不能运行。我拿出手机打开了"换乘应用"，查询其他出行方式。

有去仙台的高速巴士。由东京站始发的三点那班车已经出发了。剩下的只有从新宿出发的车，时间是三点二十分和五点二十分。三点二十那辆马上出发，不知道能不能勉强赶上。

但是，就算能赶上，也需要五小时五十分钟左右。到达时间是晚上九点多。之后又要开始行动，在深夜里摸索。如果乘坐五点的巴士的话，到达时间是晚上十一点多。

假如在那之前新干线能恢复的话，到仙台不到两个小时就到了。也许可以想办法比小野寺先到达。我正烦恼着选哪个。

决定先在 LINE 上向晴子他们报告情况。

"我现在在东京站，新干线停了。

"我想换成高速巴士。"

"有车吗？"

"如果能顺利换乘电车，三点二十到新宿的话，勉强能赶上。"

"请不要勉强。因为这会让渡部先生陷入危险。"

"谢谢您的担心。

"下一趟车是新宿五点左右。暂且先等到快来不及去新宿的时候，这之前新干线只要开动就可以了。不行的话就选公交车吧。好像只能这样了，到仙台十一点了。一想到之后的事情就感到焦虑。"

"给您添麻烦了，对不起。据土生井先生说，天亮的时候会有人看见，所以有什么事发生的话请等到日落以后再行动，千万不要慌。

"土生井先生好像发现了些什么，之后通知您。"

我读完消息后关上了 LINE。土生井的"发现"是什么呢？

总之动身要等到四点半左右。心情很忐忑，哪怕在黑云中奔走也是没有办法的事，所以就进了咖啡店。

突然看到了挂在店内的电视屏幕。看新闻的时候，一瞬间看到了有些印象的车站的风景。因为店主把音量放得很低，所以我靠近屏幕。

"今天中午过后，在神奈川县 JR 平冢站附近的 KAPPA 酒店，一名男子倒在地上，接到报警后，警察赶到现场，在酒店的客房里发现了一具三十多岁男性的尸体。男子的脖子上有被尖锐物品刺伤的伤口，死因被认为是失血过多。从所持物品来看，该男子在福冈县的兴信所工作。神奈川县警察本部认为这是一起杀人事件，正在寻找最初报警人作为重要参考人。"

KAPPA 酒店？寄送与小野寺有关信件的人所在的酒店吧？难

道是那个人被杀了吗？不，我已经确信了。这个人大概知道了很多小野寺的秘密，或许是卷入纠纷后被杀了。不早点阻止小野寺的话……

即便如此，"最初报警人"是指我吗？说是重要参考人，但我又被怀疑了吗？但是在这种时候，不能亮出身份，被那个冗长得要死的审讯所困住。总之现在必须尽快去东北。

这时信息来了。晴子的 LINE 吗？看手机屏幕是不认识的电话号码。

"渡部先生吗？"这是听起来很熟悉的声音，"我是厚木的石桥。"石桥刑警说。

"啊，石桥先生。你听留言了吗？"

石桥没有回答我的问题："你又被搜捕了。"

"刚刚看了新闻，犯人是小野寺吧。之前那个飞机其实是指巴士，今天会行动。请马上安排东北的警察。"

"东北哪里？东北好大啊！"石桥泰然自若。

"在政府机关查一下搬家地址的话，不是就知道了吗？"

"调查了全国，但是都没有登记。飞机场最终也是白跑一趟。巴士的话也只能是想象。我们已经不能再做不确定的事情了。比起那个，眼前的线索更为重要。"

"我都说了是小野寺。"

"也许是这样，但另一方面也有人是认真怀疑你才开始行动的。"

"真他妈傻！"

"你小心点，我也只能说这些。"石桥单方面挂断了电话。

不能这样了，得马上动身了。第三种手段，我考虑了租车，自己开车去。马上搜索了东京站周边的租车店，找了好几家但是完全没有空车，这也是因为盂兰盆节的余热还在继续。

那么最后的手段是乘坐出租车吗？当然费用也很贵。以前公司的上司打车回自己位于三岛的家花了四万多日元，假如我到仙台，距离大概是他的两倍以上。但是，人的生命是钱所无法替代的。我从八重洲口跑了出去。

到了外面的出租车乘车处，这里也有很多乘客排着长蛇阵。我虽然很着急，也只能先排队了。车迟迟不来，队伍也一直没有向前推进。

我突然有种似曾相识的感觉。我记得以前来过这里很多次。我又想起了真理子。

在公司的时候，喝完酒之后我经常把真理子送到她位于筑地的家里。自然堂是从江户时代开始延续至今的老字号商家，旧总店兼住宅，虽然建筑很古老，但实际上很豪华。我还记得深夜有保姆出来接我。

虽然无论如何都不想这么做，但这是最后的办法了。给真理子打电话借辆车吧。今天已经是盂兰盆节后了，她大概去公司上班了，如果能给保姆留个口信的话，就可以拿到钥匙和车了。然后请她开车去东北。没错，那个人在关键时刻比出租车还猛。如果，真理子愿意把车借给以前的男人，不，是以前的同事的话。

我从手机的电话簿里调出真理子的号码。我深切地认识到还没删联系方式是因为我还在恋恋不舍。虽然是应该处在工作中的时间，但是不管怎样都试着拨了电话。和预想的一样切换到了语音信箱模式。

"好久不见，我是渡部。因为有急事给你打了电话。希望能尽快回电。"

我等待着，怎么都等不来电话。当然，一年多没有联系了，我也没想过她能轻松地给我回电。

正好手机响了。急忙一看，不是真理子，是晴子的 LINE。

"新干线还没恢复运行吗？"

"完全没有动静。"

稍微等了一会儿。

"我调查了小野寺这个人的过去。但是没有在脸书或者什么社交软件上出现个人简介。不过，我发现了一篇新闻报道。不是本人，而是他父亲小野寺隆。虽然小野寺的姓很多，但是因为写着是经营儿童福利设施，所以这个人应该是上一代院长吧。海啸时设施被摧毁，孩子们全都死了。这个人和儿子一起被救出来，住在南三陆町的临时住宅里，不久就去世了。"

"死了？

"受伤的后遗症之类的吗？"

"报道写着'虽然被认为是心理原因自杀，但是警察正在通过他杀的手段进行搜查'，有点奇怪呢。"

"确实。"

"进一步调查后，发现了某八卦杂志的电子版报道。警察当时说，虽然怀疑儿子，但是证据不足没能逮捕。土生井先生也说儿子很可疑。"

"儿子想要杀害父亲？但是那是为什么呢？"

"我不知道。

"总之，据说以前晓海苑的位置是在南三陆附近。"

"其实，我正想选择坐车去那里。"

"出租车吗？"

"不，我有些其他办法。"

"是吗？太好了。如果知道更详细的位置的话，我会联系您的。"

"拜托了。"

关闭 LINE 后，有一个来电记录。是焦急等待的真理子。马上打回去。拨出的瞬间，真理子就接了电话。

"好久不见，渡部君……我还以为你一辈子都不会再给我打电话呢。"她到现在还在我名字后附上君。

我咽下了"其实是这样的"这句话，回答说："怎么会呢。"

"那么，有什么急事吗？"

"抱歉这么突然，能借我一辆车吗？现在我在东京站的八重洲口，必须赶紧出发，电车却停了。"

"什么嘛，是说车吗？出租车呢？"

"我讨厌出租车。"因为怕麻烦，所以这样回答。

"是吗？"

"这里离你家应该很近。我这就过去，能借我一辆车吗？感激不尽。"话虽这么说，我想要的东西真理子也不是没有。

　　"哎呀，如果要联系美智阿姨的话是不行的。今天她因为夏季感冒请病假了。我说就算不严重也不能不休息。"

　　美智阿姨是指家政保姆。也就是说，她不在。

　　"那么，妈妈呢？"

　　"父母在休假。顺便说一下，可不会像漫画里似的，在庭院的灯笼里隐藏着紧急情况下使用的备用钥匙哦。"

　　我其实真还以为有，万事休矣。

　　"这样啊，不好意思叨扰你了。请忘掉吧。"

　　"半小时，不，能等二十分钟吗？"说这话的真理子呼吸突然变得急促起来，开始奔跑。

　　"二十分钟的话可以。但是你要怎么办呢？"

　　"车的话没问题。在八重洲口是吧。我现在过去。"

　　我在脑子里回想了真理子的话，是要亲自过来吗？从市谷的公司溜出来把车给我开过来吗？那辆红色的雷克萨斯，并且要在二十分钟内到达。

　　我离开了队伍，坐在了车站旁边的长椅上。

# 真理子

"这位先生。"

背后传来搭话声，好像是在叫我。回头一看，站着两个各自身穿鼠灰色西装的人。一个高个子和一个胖墩墩的男人。

"这位先生，是渡部先生吗？"

他们是谁呢？难道是石桥说的刑警已经到了吗？在这里被抓到的话又不知要浪费多少时间。要是作为嫌疑犯来对待的话，可别想轻而易举地过关。说什么也不想被他们"认真对待"。

"你认错人了。"我装糊涂地站了起来，慢慢地离开那里。

两人也一边相互私语一边慢慢地跟了过来，我又回到了八重洲口。

看到了左边门快关上了的直梯，我突然跑起来，冲进电梯，从门缝看到那两个人向我跑过来。

到了二楼，门开了，我从电梯里出来。眼前延伸着一条宽阔的行人甲板，头顶是像船帆一样雄伟的屋顶，我瞪大了眼睛，但是没有时间悠闲地张望，径直向甲板南边跑去。

前方左手边有自动扶梯，刚想往那边去，就看到刚才那两人上来了。我慌忙从甲板往回跑。

看到车站大楼的入口，不由得跑了进去。但是，这样一来就离开了八重洲口。穿过食品街，险些与人撞上。趁着势头想要从二人组眼皮底下逃出来，渐渐地就跑进了食品街。不行，真理子到达的时候我必须在场。虽然觉得不太可能，但要是被误解为我在戏弄她愤而回去的话就麻烦了。总之要回到上面。

有紧急楼梯，我打开沉重的铁门钻进去，那里可以说是封闭空间。我跑到一楼，再次把手放在铁门上。但是，我犹豫着要不要打开，在这里争取点时间会比较好吧。外面喧嚣的声音能隐隐约约传进来，我一直在这里等着，但是心里着急，连五分钟也没坚持下去。

轻轻地打开一道门缝，观察了情况后才出门。拨开人群，再到八重洲口去。一边谨慎地确认周围情况，一边回到刚才的出租车乘坐处。

这时，从银座方向传来了奇妙尖锐的汽车引擎声。一台鲜红色的超跑拐了个锐角，大摇大摆地冲到了出租车前面，出租车们纷纷鸣笛抗议。

我一看到，直觉上就觉得那是真理子。

"喂，等等！"有人朝超跑这边怒吼着。

"喂，渡部！"另一个人叫了我的名字。

他们喊的不是超跑，而是我。回头一看，那两人面红耳赤，径直向这边跑来。

我朝着红色超跑跑过去。靠近以后，发现跑车的高度比想象的低，感觉都能直接跨过去了。车尖有点锯齿状，在那上面可以看到黑底金牛的车标。

左侧的窗口悄无声息地打开，一个短发女人探出头，把淡茶色的墨镜往额头上推了推。

果然是真理子。

"上车！"

我一路小跑绕到了车门右侧。但是，不知道怎么开门。两个男人在逼近。

真理子打开我这边的窗口说道："将手放在门把手下面再往上抬。"

照她说的那样做，门就轻松弹开了。我一屁股敏捷地坐进了副驾驶座，就好像直接坐在了地上。放下门的时候，从杏璃那里得到的钱包链子夹在中间，匆忙中掉了出来，发出刺耳的声音。

"OK！"

"那就出发了！"

"嗡！嗡！"超跑一边发出独特的排气声，一边从转盘上飞了出来。

从窄小的后视窗缝隙向后看，可以看到男人们正跺着脚。

"那些人好像在叫渡部君，是朋友吗？"真理子一边斜视后视镜一边问。

"你看是吗？"我反问。

"哎呀，我看不出来嘛。"

"这辆是兰博基尼?"

"是的。Aventador 哟。"真理子这样补充道,"渡部君,你喜欢这样的吧?"

就算你问我喜欢吗,我也……我反问:"……Aventador?"

"我本来想借雷克萨斯的。"

"那个早就卖了。"

我环视车内,所有东西都是锐角的。两个人的座位之间有一个大的倒三角仪表盘,表面有着很多开关。中央有像以前的 boat game 的格子一样的红色物件,上面有 A5 尺寸的监视器。除了方向盘是圆的以外,其他的零件都令人摸不着头脑。

"我可开不了这种车。"

"不是决定由我来开的吗?"

我目不转睛地盯着真理子,穿着和 Aventador 一样鲜红的连衣裙,系着一条又细又黑的带子,车内部的装饰也使用了红色和黑色,看起来很融洽。

"工作呢?还没到规定的下班时间。"

"没关系。那么,去哪里?"

"那是……"我一时语塞,然后说,"是南三陆那边。"

"啊?"真理子回头看我。

"不好意思,太远了吧?"

"虽然有点吃惊,但是完全没关系。"

"你莫非是开这个去上班?"

"是啊。"

"太高调了。"

"是啊。"

"耗油量也很大吧？"

"你很烦哪。"真理子这样说，但是看起来很开心，"我要从江户桥上过去。"

"嗯，拜托了。"

车畅通无阻地开上了首都高速公路的匝道。要在本线会合，但是现在已经开始拥挤了。

即便如此，和上行车道也是没法比的。那边是 U 字形掉头高峰，完全感觉不到塞满了车的队伍有往前走的迹象。

"即使那样也太花哨了……"我有一点担心，心里的想法都说出来了。

"还要说我？"

我向几乎要说我啰唆的真理子坦白了："其实刚才那两人好像是警察。不知道为什么，我被追捕了，他们看到了我乘坐了这辆红色超跑，想要追踪的话很容易。"

"啊，这样啊，没事。"

"你竟然说没事……"

真理子说着"看"，从手套盒里拿出了小遥控器一样的东西，然后进行了操作。

于是，在挡风玻璃前能看到的鲜红的引擎盖瞬间变成了漆黑。

我吓了一跳："魔法吗？"

"你过时了呢。'电子纸'没听过吗？DNP 大日本印刷使用中国台湾公司技术制作的新材料。"

这么一说我有点印象。是展览会的新闻吗？据说任何电压的变化都能改变颜色。这暂且减轻了我的顾虑。

"很久以前听说过。但是已经在这里使用了。"

"已经在街头广告中使用过了，我们家也试着用了。所以说公司正好有这辆车。"真理子骄傲地说，"今后纸店也进入电子时代了呢。"

"但是这个不会被犯罪分子利用吗？是应该取缔的对象吧。"

"也许，总有一天会有限制的吧，所以悄悄地做了。"真理子嘴角上扬诡笑着，"对了，我可以问一下原因吗？"

这也是情理之中。

"我只是助人为乐。"

我在真理子侧脸的另一边，望着隅田川反射夏日午后的阳光，简明扼要地说了来龙去脉，当然没有说出人名。

真理子惊讶地说："这可不是纸店该做的工作。"

"我也这么认为。"

"总之，这次的任务是阻止在南三陆的某个地方无辜的二十个人被活埋。"

"不要像游戏那样轻描淡写。"

"太认真的话，可没什么好事。"

过了荒川，从东京都内逃脱后，车流渐渐变少，车开始加快速度。

"你工作怎么样？"

"马马虎虎吧。"我撒了谎，然后把问题抛了回去，"你怎么样？"

"很早之前就调动了。"真理子摸索着从手套盒的小袋子里拿出名片，头衔是"人事部次长"。

真如传闻所说吗？确实真理子正和我享受着同样性质的工作。走在陌生的街道上，我喜欢和人初次的邂逅。特别是交给对方名片时，对方知道自己的姓名和公司名称时，瞪大眼睛的瞬间很有趣。

我说："真可怜。"

"这么说来，你好像拿到了KADOKURA出版的《MS年鉴》的项目。恭喜啊！"

我惊讶地问："你怎么知道？"

营业部的话倒还正常，为什么人事部的真理子会对公司以外的事情知道得那么详细呢？

"啊……"真理子难以自圆其说，"我是听传闻说的。因为渡部君喜欢'高达'，所以之前就说过自己想做的工作。"

我想了想，或许是真理子在背后推动了吧，竞争中向负责人提出了提高价格的要求，难道是为了对我的事务所更有利而如此操作了吗？真理子是创业家，那样的事是很容易的。那么，现在我是在真理子的手掌上跳舞。

汽车来到了利根川。背过真理子的脸，眺望右手边的铁桥，正好电车开了。

并行行驶。虽然一瞬间怀疑自己选择开车去是不是错了，但那并不是新干线，而是筑波快车。

"差不多可以把车身恢复到红色了吧。"过隧道之后，真理子说。

"嗯，你自由决定。"

引擎盖再次变红，我眨了眨眼。为了让心情平静，拿出了扑克牌，在胸前反复进行反冲洗牌。

真理子斜着眼睛看了一眼："是五条制纸的'Kirifuda'吧。还是那么擅长扑克牌啊。"

"除此之外，毫无可取之处。"我说，然后粗暴地反复洗牌。

"你不是也很擅长谐音嘛，印刷用纸的尺寸的记忆方法等。我做新人的时候，数字怎么也记不住，但是在渡部君教我的时候，我就记住了呢。"

那是西洋纸的原纸尺寸。A版、B版、四六版、菊花版、哈特罗恩版、报纸版等。纸匠必须把那些尺寸敲进脑袋里，订单也是按尺寸写的。我用自创的谐音记住了这一点，还经常教同事和新人。

短暂的一段时间里，我们互相进行了尺寸的问答，但不久就厌倦了，我们只能沉默。刚才窗外的景色一点也没有变，只是一片平坦的大地绵延不断。只有高压线的铁塔像忠实的宠物一样跟着来了。

"喂，渡部君，要不要回我们公司？"真理子像是开玩笑地说，"我会让我爸给你优厚待遇的。"

我低着头。又是爸爸吗？我讨厌她这样。

"这是很难商量的事情。"我从牙缝里挤出这几个字。

"我是人事部的，所以能看到一些旧资料，我也看到了你的。"

"简历吗？"

"提交的不只是简历吧。你原来不是姓渡部的，是姓菅藤的吧。父母离婚后改成了妈妈的姓。"

"是这样没错……那又怎么了？"

"父亲菅藤原本就是我们公司的干部职员吧。为什么藏起来了？"

"那是因为……"我抿了一下嘴，"因为我讨厌父母的光环。"

"确实有这种可能性。我问了当时认识的人，你爸爸是个很有能力的职员。正逢泡沫经济时期，工作多到溢出来，但是因为太忙了，导致家庭不和，因此你爸妈离婚了。你跟着妈妈生活。负担减轻了的父亲对待工作更加高歌猛进。但某一天，他突然心力衰竭去世了。用现在的话说就是过劳死了。因为是重要人物，听说公司层面也参加了葬礼。"

我一直盯着前方。太阳似乎倾斜了很多，车影向前方延伸了很远。

"那么，你想说什么？"

"你进我们公司，"真理子自言自语地说，"会不会是想要报仇啊……"

"哈哈哈！"我一笑而过，因为被说穿了心事，"报仇什么的，要怎么实施呢？"

"比如说故意做让公司倒闭的乱七八糟的行径。"

"我连能做那种事的位置都到不了。"

"那么，劫持？"

"那更是不可能的。"

"我……你说我可以帮你吗？"

老实说，我想过这样的事情。我和真理子结婚独立出来，说不定哪天真理子就继承了遗产或者可能继承遗产。可我不能那么做。但真理子是认真的。我不能因为不纯的动机留在她身边，所以离开了公司。

"你是创始人家里的人，怎么能劫持你呢。"

"是吗？"

"那是当然的，别想傻事。就算我有复仇心，也不用那种无耻的手段。我会用我的办法解决问题。只要运用从你家偷来的技术，边领工资边建立人脉，躲在自己的公司里超过你们就可以了。然后……"

我补充说："在价格竞赛的时候能不能别为我动脑筋？"

真理子噘嘴："那就随你的便。"

"啊，好的。"

突然，真理子指向前方："哇，好漂亮！"

我抬起了视线。夕阳反射在巨大的积雨云上，燃起了粉色的火焰。确实景色很美，我都看得入迷了。

"要飞了哦！"这样说着，真理子开始加速行驶。

她是一个让人恨不起来的女人，还是一个很有魅力的美女。驾驶着超跑，以粉色的云为目标开着车兜风。忘记日常生活的安排，忘记自尊和过去，现在开始飞奔。我觉得像梦一样，时间永远持续下去就好了。

但是，当我想起接下来要做的事情时，那个梦想很快就消失了。在粉色窗帘的前方等待着的，也许是一座变成青黑色的死者之山。

## 蒲泽的真实身份

我在晴子和土生井的 LINE 对话框里汇报了我正安然无恙地乘车走常磐公路向东北方向行驶。这样一来，不是短信而是电话来了。我向真理子征得同意后接了电话。

"老师，这次真是给您添麻烦了。我是土生井。"

竟然是卧病在床的土生井自己打来了电话。

"这就起床了没关系吗？"

"嗯。因为晴子说要去车站前买晚饭，所以我悄悄地起来吸烟了。"

脑海里浮现出了一幅在残缺的门牙上插着别人赐予的香烟的画面。土生井不知什么时候开始称她为"晴子"。

我说："曲野帮了我很大的忙。"

"是啊，她做了很多。"土生井吐出烟后继续说道，"老师，我琢磨着你能发信息说明你没有自己开车，就直接给你拨了电话。现在你方便吧。"

"其实是坐了别人的车。"

"那太好了。新干线好像还停着呢。"

"这样啊。那么，这次判断没有错吧。"

"嗯?"土生井沉默了一会儿，"引擎的声音好像是兰博基尼，是不是 Aventador?"

"没错，你居然能听出来!"

"果然啊。我也有一台呢。"土生井若无其事地说道。

"真的吗?"我惊讶地叫了起来。

在垃圾屋的哪里藏着呢? 重要的是，土生井怎么看都不像富裕的人。

"嘿嘿嘿……"土生井弱弱地笑着，咳嗽了一阵后说道，"失礼了，开玩笑的。其实是一个二十四分之一比例的塑料模型。关于声音，以前在 Cargraphic TV 里见到过就记住了。"

是塑料模型啊，这很土生井。话虽如此，光是在节目上看到一回就能记住声音，真是让人吃惊。

"最近也是特别流行涂装的塑料模型。出于兴趣拼装起来用红色涂饰，完成后喷上了氨基甲酸酯清洁剂，一个劲地打磨抛光。像对父母的仇人一样。多亏了您，我才做出了非常厉害的镜面成果。"

"镜面成果?"我一边绞尽脑汁一边复述着又出现了的专业用语，"是红色的吧。红色涂装真是难得一遇啊，和我乘坐的一样。"

"啊，确实如此。但是，老师为什么乘坐了 Aventador? 也太厉害了吧?"

"这个说来话长，下次有机会慢慢说。"我一边说，一边察觉太阳穴旁渗出了汗珠，"不说这个，你是有什么事？"

"哦，对了，小野寺和那个告发犯罪行径的蒲泽，"土生井吐了烟后说道，"我觉得他俩应该是同一个人吧。"

我受到了冲击："同一个人？什么意思？"

一直被我认为是正义一方的蒲泽，竟然和引发一连串凄惨事件的小野寺是同一个人？

"这么想的话，一切都合乎逻辑。"

我想起了迄今为止的经过，但是不能轻易接受："但是，为什么呢？你的根据是……？"

"以前，老师说过蒲泽是'解离性健忘症'，会突然忘记工作的方法什么的。但是我调查了一下，真正的解离性健忘症并不是那种症状。说是会自然而然忘记令人讨厌的心灵创伤的记忆。所以实际上并不是这样，只是本人坚持说了那样的话，实际上，我觉得那个时候，他的人格是交替的。即使同样是解离性，他也得是'解离性同一性障碍'的人，也就是多重人格。可能小野寺自己没办法工作，没有工作的兴趣。小野寺的父亲遭遇了海啸灾害，是当时的痛苦或者心灵创伤使他变成了双重人格的吧。"

土生井虽然身体不好，但似乎一直在思考。

"据说小野寺的父亲自杀了，说不定父亲没有做'晓海苑'的避难诱导，只顾自己逃跑让孩子们死掉了，小野寺是不是因为无法原谅父亲而杀掉他的呢？然后自己代替父亲重建了'晓海苑'……

蒲泽是独立的第三者一般的存在，从外部视角看到了杀死父亲后想要代替父亲的自己，然后埋头于制作立体模型和迷你小屋。在蒲泽人格的时候，和英令奈相遇后变得亲近了，大概是对她的心灵创伤产生了共鸣吧。但是她又面临危险，英令奈的父亲中原追了过来。考虑到晴子的住址也已经暴露，中原应该是雇用了侦探吧。如果是这样的话，找到英令奈她们的住处就不难了。两个人一定是被逼得走投无路了。于是，小野寺杀了自己父亲时的无情人格出现，扫除了中原这个障碍。"

土生井说了很多话，又咳嗽得很厉害。

"没关系吗？"

土生井似乎已经掌握了晴子等人的人际关系，是晴子在病房里说的吧。但是他还不知道被杀的福冈侦探，我模仿土生井尝试推理。

正如他所说，侦探一定是中原为了找到英令奈而雇用的。福冈的兴信所，和中原、晴子他们一样都在九州，所以有可能相关。当得知雇主中原已死的消息后，侦探便察觉到真相，并与英令奈或小野寺发生了接触。但是反而被盯上丢掉了性命。他向警察通报时是匿名的，也许是因为有可疑的地方，但是还是来晚一步，那不正是他被夺去生命的地方吗？

待土生井的咳嗽止住了，我重新开始了对话："那这个和巴士掩埋的计划有什么关系？"

土生井又吸了口烟吐出来："小野寺对在原来的地方重建'晓海苑'充满了执念。那也许是因为想超越父亲吧。用旧的说法就是'归城’。所以即使是同样的沿海地带，平冢也不行。但是海啸的恐怖已经来临了。当然，建筑这类东西是专家深思熟虑之后的结果。但是他不相信。是不是又想要一个旁证呢，这时，‘黄桥’发生了一件事。‘人柱’，他想到的就是这个！大概真正喜欢城堡的是小野寺。‘晓海苑’对他来说正是‘城堡’。所以头脑中瞬间各种各样的想法连接在了一起。”

“但是为什么要考虑牺牲孩子们的计划呢？说起来他明明恨死了让孩子们死掉了的父亲吧。”

“那是很复杂的。不过，在‘晓海苑’重建的过程中目的和手段不是互换了吗？最优先事项是如何保护建筑物。虽然会反复发生，但是海啸带来的创伤也很严重吧。”

“但是蒲泽的人格为什么要告发小野寺，并将住处的线索传达给外部呢？”

“蒲泽也正是小野寺的良心。是不是想让自己，也就是说，让小野寺停下来呢？但是另一方面，果然自己还是很可爱，不想背叛自己的另一个人格。所以没能坦坦荡荡地说出来。而且，我想如果他在准备好坦白一切的时候突然回到小野寺的人格的话，怎么都会朝着制止的方向行动的吧。”

“所以为了不让另一个自己暴露，故意给人一种难以理解的暗示。”

“……我想了一下蒲泽名字的由来，我想我大概明白了。”

“真的吗？”

“我也向晴子小姐传达过，说起小野寺，就是东北地区很流行的姓氏。出生于宫城县的漫画家石森章太郎的本名也叫小野寺章太郎。据说这是源于生长在日本的登米郡石森町。"

不愧是土生井，涉猎很广。

"这我倒没听说。"

"笔名的话，虽然讲究的人很多，但不讲究笔名的人一般都是单纯地以出生地命名。小野寺可能是因为脑部障碍或者什么原因没能深刻思考，或者是因为出生地有相当多的回忆，所以我觉得应该是使用了'蒲泽'这个地名吧。"

"原来如此，也就是说，有这样的地名？"

"是的。蒲泽在福井县和岩手县都有。如果是东北的话，就是岩手，但是岩手的蒲泽是深居内陆的。"

"所以不是吗？"

"内陆的话就不需要人柱了。大概不是。于是我又想起了石森章太郎。以前他的笔名是'石森'，其由来的地名好像是读作'石之森'。所以，为了让大家能好好阅读，之后又追加了'之'，改成了'石之森'。以这个故事为灵感，反过来在地名上加上'の'，用'蒲之泽'搜索一下，发现果然有！南三陆町出现了'志津川蒲之泽'这个地名，正是海边的城镇。从谷歌地图上的俯视图来看，有修整中的土地。因为是旧照片，所以还没有建筑物，但是我觉得那附近很可疑。所以，我会把准确的地址发给你，请朝着那个方向试试。"

"哎呀，您这是名推理啊。得救了！"

"那我差不多该回病房了。老师，请一定要注意，要珍惜生命！”土生井说的话很讽刺。

“请多保重。”我挂断了电话。

真理子笑着说："说得真开心啊。"

“是吗？”

“是啊。”

LINE 上马上传来了"蒲之泽"的地址。

我说："我知道目的地了。"

“太好了。请帮我导航吧！”

“明白。首先按照预定的那样先到南三陆町。目的地在那东边。快到了再告诉你。”

“知道了。坐稳喽！”这样说着，真理子伸出右手，操作了中心控制台上的一个开关。

于是主控制台的设计发生了变化，显示为"SPORTS"，好像模式切换了，简直就像科幻电影里的宇宙飞船一样。随后 Aventador 突然加速了。看速度表的话，时速是一百五十公里。

“是不是开得太快了？”

“可是，你不是很急吗？”

“那倒是……”

我提心吊胆地紧紧抓住座位，好几次扭过身体确认后方。

“你如果担心的话，我会把车身变成黑色的。”

“天快黑了，没什么关系吧？”

“那就不改变了。”

在阿武隈川前拐进仙台东部道路，过了仙台，道路的名字变成了三陆公路。紧接着，我注意到红色灯的闪烁和汽笛声急速接近。显然是被高速机动队的巡逻车追赶着。

"看，我说吧！减速吧……"

"事到如今说什么也晚了，毕竟警灯都亮了。"

我放弃了说："这次肯定要被抓住了，相当超速。老老实实地等着开罚单吧。"

"你在说什么！现在不是分秒必争吗？"

"但是对方可是大人物啊。违抗不是上策。"

"真是的，明明是个男人，还喋喋不休，烦死了！"说着，真理子再次操作了中心控制台的开关。

主控制台上这次显示了"CORSA"，但我不知道它的意思。不用细想，但应该是像"超级驱动"一样的东西吧。

真理子从脸上摘下墨镜，脱掉两脚的高跟鞋，赤脚踩下了油门。发动机发出"doco doco doco"毁灭般的声音，Aventador 速度更快了。我的身体像是被贴在了椅背上。

"要以通常的三倍速度去哦！"

等一下，现在这个区间的限速应该是时速八十公里。那三倍就是时速二百四十公里，和新干线一样！是真的吗？我因为害怕，所以根本不想看时速表。回头一看，才发现红灯在逐渐远去。

我只能深深地叹息："这下可要吊销驾照了……"

"那种东西，重新再考就好了。"

"岂止如此，要是被捕归案的话……"

"镀层金不是很好吗？"

我缩着肩膀，偷偷看着真理子，瞳孔里闪耀着绚烂的光辉，脸上泛起了红潮，突出的胸部在缓慢地上下晃动，我不小心看入迷了。

# 蒲之泽

傍晚七点半，夏天的夕阳还依依不舍地残留在西方的天空中。我开始向真理子传达详细路线。

我们在南三陆海岸线驶出三陆公路。从前面的三瀑堂入口开始，被似乎是接到了联络而在此等待着的高速巡逻车追赶，但真理子却很容易地就冲开了。远处可以看到，此刻，晚了十几分钟从同一个出口出来的巡逻车，一边旋转着红色警灯一边在山中徘徊。我这边也是去犯罪现场的，如果能好好跟我来就好了。

出了崭新却不宽敞的连通道路后，沿着公司、工厂、超市、住宅、稀疏的满是泥土铺成的路一路南下。如果是白天的话，在色彩较少的这片土地上，鲜红的 Aventador 穿过的样子会很奇怪吧。

向左，是勉强能通过一辆车那么宽的路。不久，进入了几乎没有路灯的寂寞山路。我没想到前面有海。

越过山岭，视野突然开阔起来。即便如此，也只看到了农田和农户的房屋。道路的状态也不好，有咯吱咯吱地摩擦底盘的声音。

"车没事吧？"

"别在意。"

"抱歉。"

终于到了海边。夕阳的余晖在远处的波浪中闪耀，广阔荒地还残留着很明显的来自海啸的爪痕，但是完全看不到建筑楼群。"第一晓海苑"到底在哪里？

那个建筑模型是五层的建筑，来到这里不可能看不见。我有种不好的预感。或许完全偏离了预想。土生井的推理错了吗？

"能停一下吗？"我说。

真理子把车停下来，引擎熄火了。四周笼罩着幽暗和寂静。我们试着倾听，但是，除了虫鸣什么声音也没有，只是偶尔乘着海风隐约听到涛声。

"真的是这里吗？"真理子突然发出不安的声音。

我也害怕。我想和土生井联系，于是拿起了手机，但是到了这里还依赖病人，我觉得很丢人，于是又放回了口袋里。

我毅然地说："应该没错。"

"那这也太安静了……一切都结束了吗？"

"别说不吉利的话。再往前开一些吧。"

汽车打火，亮光照耀前方。真理子"轰轰轰"地空转汽车，慢慢地让 Aventador 前进。

走进了老旧的铺装道路。车底依然轰隆轰隆地响着。是车在削地，还是地面在削车？

道路在途中被切断，土质剥落后的平地正在扩大。真理子缓缓地开着车。在被灯光照射的地面上，残留着古老混凝土地基的痕迹。

这里以前肯定有建筑物。

仔细一看广场左边有一个很大的东西伫立在那里，看着像是长脖子的恐龙一样。真理子用车前灯照过去，黄色的涂装反射了回来，是挖掘机。

"还去吗？"

"嗯，拜托了。"

汽车在混凝土地基上行驶，开到了广场的正中央。周围残留着车辙印。

"下去看看。"

车停下来，我打开了车门从座椅上下来，伸展着僵硬的身体，走向广场中央。望着海的方向，月亮映在海面上，闪烁着朦胧的光芒。反倒是陆地更暗。

广场前方笔直的黑暗被切断了，与海的明亮形成了鲜明的对比。也就是说，那里有悬崖。

我在周围走了走，发现脚下的地面明显软绵绵的，纵长正好和巴士大小相同。

完了！

虽然没有"第一晓海苑"，但位置正是在这里。虽然有模型，但是还没有开始建设。事情已经全部结束了，这块土里埋了一辆公共汽车。总之到达这里太费时间了。孩子们和英令奈已经……

等一下。虽然不知道是什么时候被掩埋的，但是如果一直关着窗户的话，巴士里可能还残留着一些氧气，赶紧抢救的话也许来得及。

我跪下，开始赤手空拳地疯狂刨土。总之如果能在一个地方刨出洞，起码能重新开始提供氧气。不要考虑窗户是打开状态的这种最坏的可能性。

尽管如此，人类的手是很难挖得很深的，后悔把动力铲放在厚木了。我需要工具，也请真理子帮忙吧。

"车上有装什么工具吗？"我朝着真理子应该在的 Aventador 方向大声喊。

但是车上却没有任何反应。正当我疑惑不解的时候，一盏灯从左边照过来。

猛然回头，听到粗犷的引擎声，两个光点逼近了，是挖掘机。是小野寺吗？

"让开！"女人在挖掘机的驾驶席上吼道。

是真理子！头似长龙一样的挖掘机插在地上，开始挖土。我横跳避开，对驾驶座说："你……那样的东西也会开吗？"

"我可是纸店的女儿。"月光下，看到真理子微微一笑，"从小时候开始就用叉车把卷纸的包裹和纸片的调色板搬运了几百次、几千次。那东西的操作方法和它很相似。"

"是吗？……但是要小心哦，埋在下面的是人。"

"交给我吧。为了不把用于销售的纸弄伤哪怕一点点，我进修过。完美的温柔接触！"

真理子将大腿两侧的两根杠杆一点一点地转动，灵巧地操作着挖掘机。挖土的时候，驾驶席要转动机械臂，往旁边扔土。真理子默默地重复着那项工作，地面的坑洞渐渐深了。

纸店也有帝王学之类的东西吗？我像看魔术师一样观看真理子施工作业，除此以外什么都做不了。实际上，自从我到了东京，我一直在依赖真理子，我自己什么用也没有。

"你们在这里干什么？"突然从背后传来男人尖锐的声音。

回头一看，不知什么时候附近停着一辆黑乎乎的小汽车，由于挖掘机发动机的声音我完全没注意。

突然，伸缩式前照灯弹起照亮了这里。是一辆很面熟的第一代Eunos Roadstar。门开了，一个男人出来了。逆光下只能看到轮廓，但我知道他是谁。

"是小野寺吗！"我竭尽全力喊着，"还是蒲泽？"

男子走了过来，走到了Aventador的灯前。黑色长T恤和黑色牛仔裤的身姿，即使出现在光面前也是只能看清其轮廓。身材瘦高，长发颜色很不好看。说得好听些就是优雅的男子，说得不好听点就是爬虫类的相貌。

"非法入侵，我会叫警察的！"疑似小野寺或蒲泽的男子说。

"真的会叫警察吗？你不是也不方便吗？"我毫不认输地反驳道。在这期间，真理子毫不理会地用挖掘机继续挖掘着。

"别挖了，会弄坏东西的。"

这时，Eunos Roadstar旁又出现了一个人影。身材矮小，摇摇晃晃，行迹可疑。真理子也注意到了她，停止了工作。人影来到灯光前，穿着黄色长袖T恤和白色牛仔裤。我用手挡着光，看了看脸。

是英令奈。

确实是和晴子的照片中的人一模一样的样子。这是怎么回事？

没有一起坐巴士吗?

我叫道:"英令奈啊!你姐姐在找你!"

"你是谁?"英令奈用微弱的声音问。

"我是你姐姐的朋友。"

英令奈的表情缓和了:"那你跟姐姐说我没事。我逃到了爸爸绝对找不到的秘密场所。"

"完全没事吗?秘密的地方是哪里?"

"喏,蒲泽先生。"英令奈说着就走近了小野寺。

"那不是蒲泽!"我喊道。

"你在说什么?"

"英令奈……"小野寺说道。

"大家呢?"

"说是先走了。"

"是去了秘密的地方吗?"

"去更远的地方吧。"

是的,这样下去孩子们真的要远行了。虽说英令奈是得救了,但这也不能说是万事大吉。真理子也可能是这样想的吧,不论怎样重新开始了工作。紧接着听到了一些声音。挖掘机的前端好像碰到了铁板一样的东西。

我跑到洞里看了看。真理子移动了挖掘机,帮我打开了灯。洞的直径和深度都有一米半左右。我看到了底部的白色涂装,果然巴士还是被埋了。

"有什么东西出来了!这不是巴士吗?"

"我不是说了别挖了吗？"小野寺提高了声音。

英令奈也跑来偷看了洞穴："这是巴士吗？怎么回事？"

"还是被你看到了啊？"小野寺淡淡地说，"这样的话就把你一起埋了好了！"

"蒲泽先生……你在说什么？"英令奈终于察觉到了异常，从小野寺身边一下子跳了出来。

小野寺伸出手，想要追赶。

"小野寺！"我大叫道，"虽然是人柱吧，但是把人埋在这种地方也没什么意义！"

"人柱……"英令奈这样嘟囔着。

"对了，英令奈。他很不正常。"

"把人活埋，从海啸中保护'晓海苑'。"英令奈回头看着小野寺，"蒲泽先生……你是认真的吗？"

小野寺沉默着，面无表情。

"人柱什么的是无聊的迷信。醒醒吧！"我这样说。

"没那样的事。这点我明白。"

"你想说多亏了你埋下的尸体，小鲇川的黄桥才没有被冲走吗？我认为这只是巧合！蒲泽君！你应该都知道。所以才打算用立体模型告发小野寺的计划，是吧？黄桥、船、飞机，都是为了这个吧？没能活埋英令奈，是因为蒲泽君你想要帮助她吧！"

突然小野寺抱着头膝盖一软，跪在了地上。"英令奈……我想和你一直在一起。我们两个人都……被人渣般的父亲伤害过。我们是相似的人，是朋友。"

小野寺的声音变成了温柔的声音，人格互换了，机会来了。

我继续用叶田的称呼："蒲泽君，我们去警察局吧。你什么都没做，所以没关系，我知道。"

"嗯……我知道了……"变成蒲泽的小野寺坦率地说，"英令奈……对不起。"

"啊，是平时的蒲泽先生！"英令奈跑到小野寺身边靠在他肩上。

这时小野寺像发条一样站了起来，左手掐在英令奈纤细的脖子上，右手握着细长的东西。那个尖端在灯光的照射下发出了微弱的光。

雕刻刀！而且是一把很大的雕刻刀。

"现在马上停止挖掘机！如果不那样做的话，英令奈就会死！"我们被他了不起的演技欺骗了。

"蒲泽先生，为什么……"

英令奈的白色脖颈，被推上了雕刻刀的刀刃。恐怕和在平冢杀侦探时使用的是同样的凶器吧。侦探被斩断了颈动脉。

"快停下！"小野寺再次尖锐地说道。

真理子停下了挖掘机。但是挖的洞还不够深。应该没有挖到能往巴士里输入新鲜空气的地方。

"蒲泽先生……"英令奈说。

"吵死了！"小野寺手持雕刻刀，一股鲜血从英令奈的脖子上流了出来。不好！刚才还在追踪我们的巡逻车在做什么？这种关键时刻都不露面吗？

我继续说："冷静点，小野寺。你只是干掉了一个坏家伙而已。

现在还可以想办法。再考虑一下！"

"我有必须要完成的事情，不要打扰我。你们去坐那辆车，往那边开。"小野寺指的是悬崖。

道理似乎已经行不通了。我想了个计谋，赌一把。从口袋里慢慢抽出右手，取出了五条制纸生产的 Kirifuda 扑克牌。

我从牌盒里抽出卡片说："算了，别那么急。要看扑克戏法吗？"

我在空中开始了反冲洗牌。

"别开玩笑了！"

"Kirifuda 是什么呢？"我一边斜视着真理子一边继续洗牌。

重复着像瀑布一样让卡片坠落的动作。咻咻的声音在夜色中回响。仿佛和海潮声同步。

"别戏弄我！"小野寺又叫了起来。

"那我们来猜数字吧。在你喜欢的地方说'停止'吧。"我一边这样说着，一边再次洗牌。

"够了！"

"你刚才说了'停止'呢。"下一个瞬间，我把卡片啪啦啪啦地撒在了地上。

卡片沐浴在前灯的光中，闪闪发光，像夜晚的蝴蝶一样飞舞。

然而，小野寺目不转睛地凝视着这边，丝毫没有畏缩。这样的话真的只能拿出最后的王牌了。

和对方的距离约为十米。我充分利用手腕力量，将剩下的卡片对着小野寺的脸，像出剑一样一张一张地扔了出去。

"这是免费的！"

扑克牌一边旋转一边飞向了小野寺的脸。他睁大的双眼被卡片漂亮地击中！正中靶心。

"啊！"小野寺松开抓紧英令奈的手，雕刻刀掉到了地上，双手捂着脸，"我的眼睛！"

"英令奈趴下！"我喊道。

英令奈往前一跃摔倒后，"咣"的一声巨响，挖掘机的铁臂横着甩了出去。站在挖掘机侧面的小野寺纤细的身体被弹飞了。真理子读懂了我的想法，随机应变。是相当大的冲击吧，一击之下小野寺就失去了意识。

"玛丽，好球！"我竖起大拇指，过去的叫法脱口而出了。

"你才是，好棒的投球！"于是真理子又默默地开始了挖掘工作。我跑到小野寺旁边看了看情况，虽然脸的侧面擦伤出血了，但我觉得没什么大碍。眼睛也是，因为是用旧了的扑克牌，所以角很小，应该没有什么大的损伤。

让小野寺横躺着，我取下从杏璃那里得到的钱包的链子，用它把小野寺的双手捆到背后。纤细的手指看上去十分灵巧。就是这双手杀了人，又创作了作品。

接着抽出小野寺腰间的腰带绕到脚边，绑上了两只脚踝。我跟英令奈打了声招呼："你还好吗？"

"嗯。"英令奈微微低下头，那个动作和晴子很像。

"太好了。"

"但是……为什么？"

"详情以后再说吧。总之必须要帮助大家。"

真理子抓起了巴士侧面一块很关键的泥土。终于有了可以一个人进去横向移动的空间。

我捡了一块皮球那么大的石头,砸了下去,露出了车窗。用手机的灯从窗户照了一下,看了看里边。

有了!孩子们靠在座位上筋疲力尽。判断不出是在睡觉还是已经死了。我用石头一个接一个地打破车窗。这样一来,空气应该暂时得到了保证。接着给警察和急救中心打了电话。

# 收场白

后来听说，厚木署的石桥刑警在平冢和我见面后，独自回到了"第二晓海苑"，回收了垃圾堆里残留的新"第一晓海苑"的建筑模型。仔细调查了一下模型，发现那个巴士洞下面的层，数量异常的极小的模型人偶简直就像是"沙丁鱼罐头"一样紧紧地粘在一起。

就在这时，名为"311"的渔船小装饰上的"张力线"DNA鉴定结果显示，这是所有被救援孩子的头发。当然其中也包含了英令奈的头发。

于是石桥想起了我说的很多事情。我再次打电话的时候，正好已经向南三陆警察局报案了。听了我的情况后，石桥马上和该署取得了联系。因此，我的口供非常可信了，在听取情况的时候，非但没有像以前那样蒙受怀疑，还被警察请客吃饭，饭后还能喝杯热咖啡。

根据警察调查，这里的孩子都是孤儿，或者是因为某些原因不得不离开家的孩子。据说是小野寺自己发掘收集的，所以才有了人们报案后搜查的请求。小野寺究竟是真的作为一家儿童福利院的负责人与他们共同生活呢，还是有其他目的，今后的调查会得到解答的吧。

但是，至少在"612"的黄桥事件之后，全体人员肯定都将成为人柱。

让我们再回到新"第一晓海苑"的建筑模型吧。石桥刑警在标题"晓海"的部分也发现了修正贴纸。剥下来一看，下面好像变成了"晓美"。也就是说，原本后者是正式名称。最初检索东北的信息时没有成功也是这个原因吧。小野寺在创建"第二晓海苑"时改变了字，果然是因为强烈反对父亲吧。"美"字实在空洞，因为院子里隐藏着令人讨厌的秘密。

土生井曾经在推特上谈到过关于 Priser 公司百分之一比例的手办脱销的话题。那是蒲泽人格的小野寺购买收集的，全部放到了那个建筑模型里。照迄今为止发生的事件来看，变成了地下"沙丁鱼"状的那些都是尸体。

警察半信半疑地对蒲之泽的新"第一晓海苑"建设预定地的整个庭院进行了挖掘，结果发现了大量的人骨。这些都是很古老的东西，据说也有五十多年前的东西。也就是说，这是小野寺父亲时代的故事。这实际上也只能等待调查的进展，从状况来看，小野寺的父亲才是真正的异常者，好像长年来为了快乐而杀害了福利院的孩子们，把他们遗弃在了地基内。

小野寺同时背负着父亲的十字架。作为他的良心出现的蒲泽，最终是不是想告发那件事呢？所以在建筑模型上做了手脚。这个愿望终于实现了，一切暴露在光天化日之下。

在巴士里的孩子们都平安无事，回到了各自的家人身边。孩子们异口同声地说小野寺是个好院长。

至于之后的我们，首先，英令奈完全解开了被蒲泽和小野寺洗脑的状态，回到了晴子的身边。而且知道父亲这个恐怖的对象永远不在了，心里很快就恢复了安定。

我毫不客气地从晴子那里收到了报酬，把一半交给了土生井，土生井把它又作为住院时的照顾费付给了晴子。

听说晴子爽快地接受了。我听到这个消息的时候很吃惊，但更令人吃惊的是，两个人的收入还合并起来了。总之，晴子好像加入了土生井的户籍。经过一个半月的住院治疗，基本上恢复了健康状态的土生井回到了高尾的垃圾屋。之后，晴子管着他不让他喝酒，限制了每天抽烟的根数，与之成比例的垃圾山也一点点变低了。

向自称土生井大徒弟的野上也传达了土生井的喜事，一如往常收到了全是汉字的祝贺邮件。

而我还是一如既往地对我的纸店一筹莫展。虽然在救助人命的时候受到了表扬，一时成为了名人，但是并没有让纸的销量戏剧性地增长。

要说有一点变化的话，那就是我的上班模式了吧。我要开车去事务所。

现在也在内堀道西北方向开车，但是从刚才开始我打哈欠就停不下来了。我打开了车窗，沐浴在晚秋早晨的冷气中。同时，独特的排气声直接传到我的耳朵里。

"你这是第几次打哈欠了？"真理子的声音从副驾驶席传来。

我反驳道："这不是没办法吗，早上起得好早啊。必须先从三鹰去你家，再到市谷，然后去西新宿上班。"

"但是交通费是可以节约下来的吧。何况车库费和汽油费都是我出的。"

确实如此，但是我反驳道："作为专属司机，工资也太低了。"

"但是，不是渡部君说想试着驾驶 Aventador 嘛。"

"但是没想到每天都这样。"

去东北的时候，真理子在常磐道上被拍到了超速的照片，果然，一下子就被吊销了驾照。真理子也和我一样受到了表扬，但一码归一码。我也有连带责任，于是在真理子重新取得驾照之前，我就被任命为 Aventador 的司机了。

"话说回来，你开得太慢了吧？"

"安全第一。"

真理子擅自打开中央控制台的红色盖子，按下了里面的开关。驾驶模式切换为"SPORTS"。

"起飞了哟！"

**著作权合同登记号：图字18-2020-231**

**图书在版编目（CIP）数据**

模型之家追凶谜案/（日）歌田年著；金哲译. --
长沙：湖南文艺出版社，2021.10
ISBN 978-7-5726-0323-5

Ⅰ.①模… Ⅱ.①歌… ②金… Ⅲ.①推理小说－日
本－现代 Ⅳ.①I313.45

中国版本图书馆CIP数据核字（2021）第165305号

上架建议：畅销·日本文学

MOXING ZHI JIA ZHUIXIONG MI'AN
**模型之家追凶谜案**

| | | |
|---|---|---|
| 作　　者： | [日]歌田年 | |
| 译　　者： | 金　哲 | |
| 出 版 人： | 曾赛丰 | |
| 责任编辑： | 匡杨乐 | |
| 监　　制： | 邢越超 | |
| 策划编辑： | 李彩萍 | |
| 特约编辑： | 白　楠 | |
| 版权支持： | 金　哲 | |
| 营销支持： | 文刀刀　周　茜 | |
| 封面设计： | 梁秋晨 | |
| 版式设计： | 潘雪琴 | |
| 出　　版： | 湖南文艺出版社 | |
| | （长沙市雨花区东二环一段508号　邮编：410014） | |
| 网　　址： | www.hnwy.net | |
| 印　　刷： | 天津丰富彩艺印刷有限公司 | |
| 经　　销： | 新华书店 | |
| 开　　本： | 880mm×1230mm　1/32 | |
| 字　　数： | 178千字 | |
| 印　　张： | 7.75 | |
| 版　　次： | 2021年10月第1版 | |
| 印　　次： | 2021年10月第1次印刷 | |
| 书　　号： | ISBN 978-7-5726-0323-5 | |
| 定　　价： | 49.80元 | |

若有质量问题，请致电质量监督电话：010-59096394
团购电话：010-59320018